渝城九章

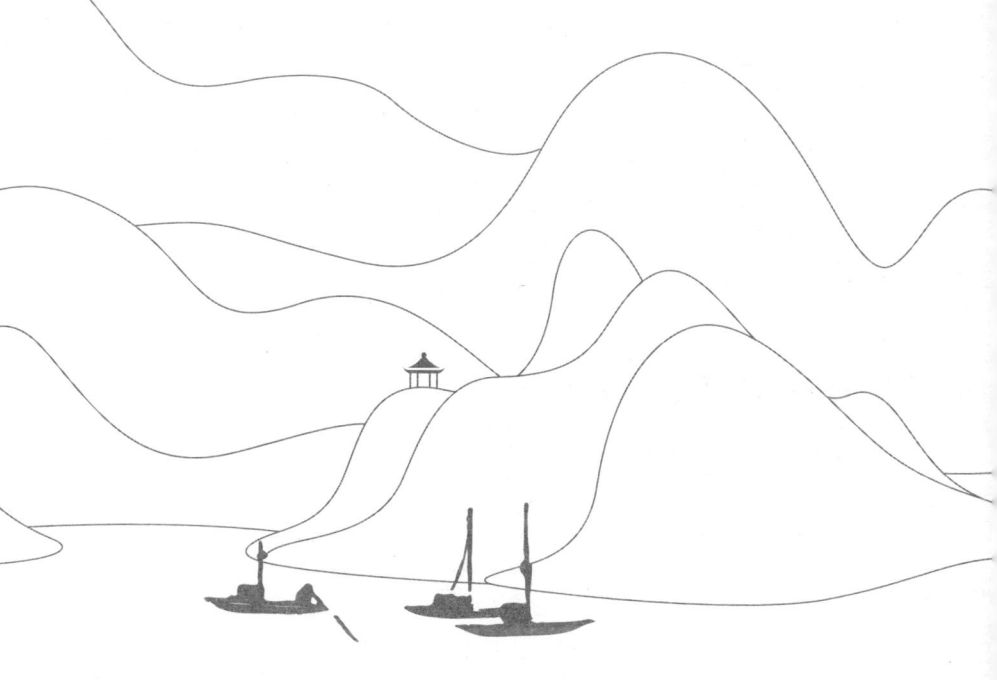

阿蛮 —— 著

重庆出版集团 重庆出版社

图书在版编目（CIP）数据

渝城九章 / 阿蛮著. — 重庆：重庆出版社，2021.8
ISBN 978-7-229-15964-1

Ⅰ. ①渝… Ⅱ. ①阿… Ⅲ. ①散文集—中国—当代 Ⅳ. ①I267

中国版本图书馆CIP数据核字（2021）第156408号

渝城九章
YUCHENG JIUZHANG
阿 蛮 著

选题策划：李 子
责任编辑：李 子 陈劲杉
责任校对：李小君
装帧设计：何海林

重庆出版集团
重庆出版社 出版
重庆市南岸区南滨路162号1幢 邮政编码：400061 http://www.cqph.com
重庆天旭印务有限责任公司印刷
重庆出版集团图书发行有限公司发行
E-MAIL:fxchu@cqph.com 邮购电话：023-61520646
全国新华书店经销

开本：890 mm×1240 mm 1/32 印张：6.25 字数：200千
2021年8月第1版 2021年8月第1次印刷
ISBN 978-7-229-15964-1
定价：45.00元

如有印装质量问题，请向本集团图书发行有限公司调换：023-61520678

版权所有 侵权必究

目录

序章
我的重庆母城　/ 001

第一章
上天赐予的福地　/ 013

第二章
赵云中军帐与朝天门灵石　/ 033

第三章
李严城大城与东水门往事　/ 049

第四章

彭大雅之城与余玠帅府　　/ 067

第五章

大夏皇宫与戴鼎砌城　　/ 089

第六章

从佛图关到巴县衙门　　/ 113

第七章

从湖广会馆到长安寺　　/ 137

第八章

从白象街到中山四路　　/ 155

第九章

从纪功碑到解放碑　　/ 175

主要参考书目　　/ 195

序章

我的重庆母城

源自上古传说的巴文化浮雕

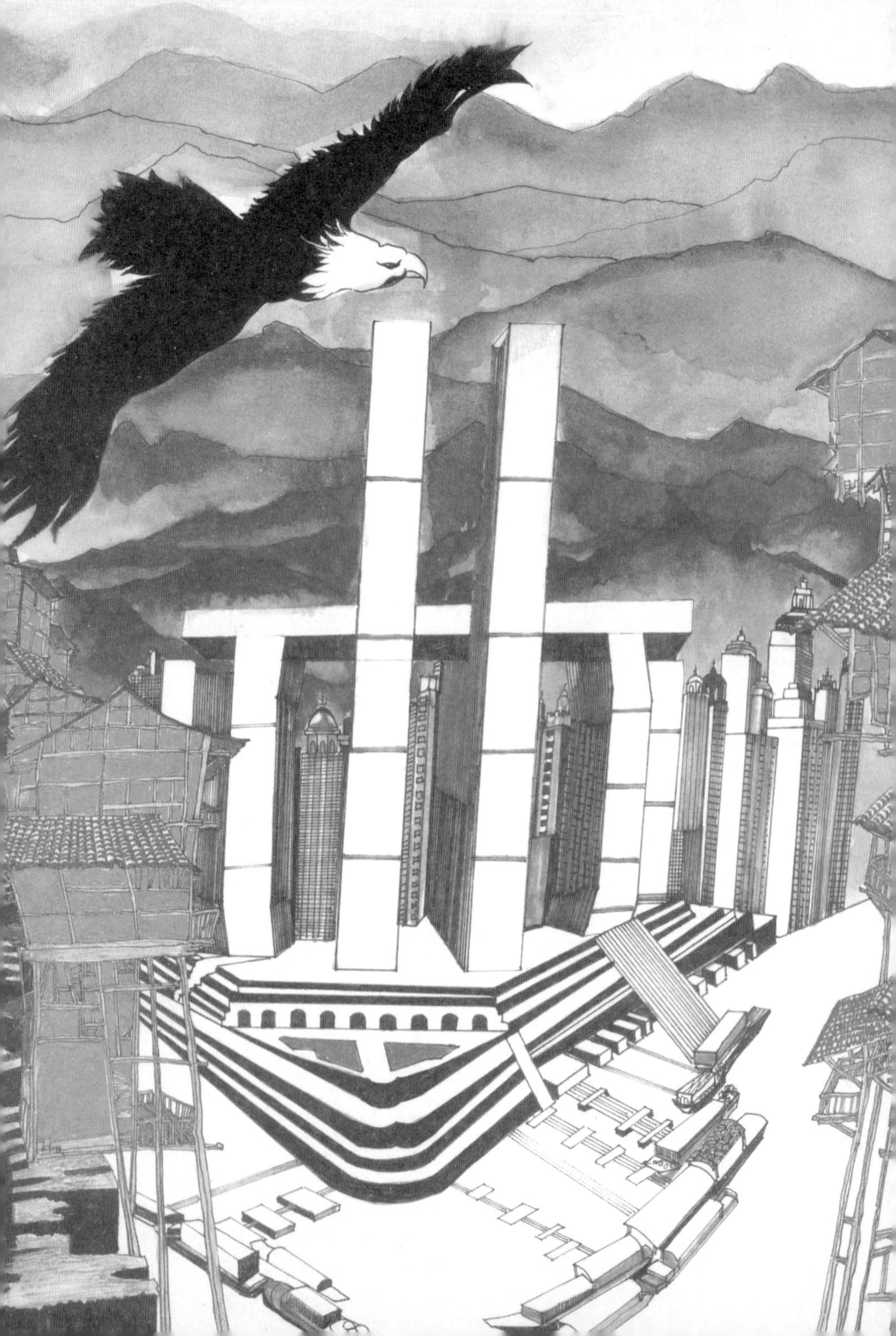

人民公园

如果我说我出生的时候天空出现了异象，有人信吗？

恐怕没有几个人会相信。自古以来的中国史籍，包括正史和野史记载的出生异象，都是强人或者圣人才有的事，譬如刘邦、朱元璋，或者孔子、王阳明。再不济了，也得与仙界沾点边，有些让人惊奇的事，譬如《红楼梦》里的贾宝玉。你算老几？

这话一问，我就哑口无言了。是的，以我本来平庸的资质，既无强人、圣人的禀赋，也与仙界毫不沾边，我是绝对没有资格说这话的。不过，我还是忍不住想说一说，因为这话不是我说的，是我母亲说的，我不过是转述她老人家的话而已。

母亲说我出生在那年夏天的一个早晨，天刚蒙蒙亮。那时她突然发作了，肚子痛得厉害。母亲之前生过四个孩子，也就是我的四个哥姐，我算老五！她知道自己将要临产了，马上让我父亲去请接生婆。接生婆久等不来，母亲拖着身子下了床往屋外走，想自己去敲接生婆的门。走到门口走不动了，扶着门框就那么站着让我掉在了地上。接生婆终于赶来收拾我的时候，母亲缓过气来，抬头看见屋外天空，竟是一派火红："那是从天上照下来的光，把一条巷子照得绯红，房子都像要烧起来了，好骇人哦！"

我们那条巷子，当年绝大多数房屋都是木板房，怕火，母亲因此这样说，说了多次。于是就有人说我出生时天有异象，还预言我将有某种非凡的作为。这让我小时候多有遐想，有时还自命不凡，私下希冀那预言会变成现实。后来分析，其实那天早晨不过就是碰巧遇到了夏天的朝霞。云层把早晨的阳光反射下来，映红了大地，也映红了我家所在的小巷。小巷叫下小较场，是个老地名，多年以

序　章
我的重庆母城

前住过不少名人，其中一个叫邹容。

下小较场相邻的巷子叫依仁巷，还有条小巷叫水井院，三条巷子及其外面临街的房屋合成一个地理单元，统称依仁巷街区。1994年，香港和记黄埔整体开发依仁巷街区，新建的大楼叫大都会，成为21世纪初最闪亮的城市新地标，位置就在解放碑东侧。周边的街道以顺时针方向数过来，分别是五一路、邹容路、八一路、正阳街。

也许我从小对石头敏感，最先看见的世界，除了我家所在的下小较场那条石板路外，就是石头砌筑的解放碑了。小时候我看到的那个仰头望不到顶的"石头棒棒"，就是我的生活中心。在我看来，它也是城市的中心和世界的中心。这个印象在我的头脑里是那么顽固，不可磨灭。

那时解放碑周围还没有高度超过它的房屋，那个石头棒棒是这座城市的第一高度，绝对需要仰望。有一次，我在仰望它时，恰好看见一只黑色的苍鹰在上方的天空盘旋。它睥睨一切、自由自在飞翔的样子，仿佛它就是这座城市的主人，而碑下那些来来往往的人，抑或在主席台上站过的人，全都不在话下。这个印象在我头脑里也顽固地存在了很久，现在想来都觉得不可思议。

鹰翔城市天空的景象，我还看见过多次。

一次是在人民公园，即今渝中区新华路通往下半城一侧的公园。我躺在公园溜冰场的石看台上仰天遐想，突然就看见一只鹰，远远地从江边的天际飞过来，飞近公园上空呈俯冲之势，吓了我一大跳。我担心自己变成鹰爪下的小鸡，慌忙起身躲藏。不远处正好有个岩洞，早些时候我和几个小伙伴点起竹篾火把进去探看过，很深，走不到底。后来知道那是从前挖的防空洞，由此斜斜地往下，可以连到下半城的外交部大楼，高差有四五十米。所谓"外交部"，就是抗战时期国民政府外交部的临时办公楼，原来的聚兴诚银行，后来改为工商联大厦，现在还立在望龙门解放东路公路边。

防空洞这样连接，也是顺其自然的。人民公园所在的山俯临长江，山崖险峻，既峭且陡。原有一股很大的山泉，雨季常常形成瀑布，飞流直下，在望龙门注入长江。瀑布下的崖壁多有溶洞，防空洞利用起来就省了挖掘的功夫。这处山崖瀑布原来是很壮观的，清乾隆时期，这座城市的最高首长为其取了个漂亮的景观名，叫"金碧流香"，列入了"巴渝十二景"。瀑布所在的山，也就是新华路和人民公园所在的那座山，早先就叫金碧山。

为"金碧流香"命名的那个首长叫张九镒，是朝廷任命的川东道道尹。明清时期的川东道相当于今天的直辖市，道以下还有府、县等，共三级机构。当年的道台衙门、重庆府署和巴县县衙都在这个地界，从金碧山下去，分别只需十多分钟就能走到。

再说那只鹰。那时我慌忙藏进洞里，并没有走得太深。本来就不必要，那只鹰并没有冲下来抓我，也没有抓其他小动物。它似乎只是飞着玩，向我和其他人炫耀飞翔技艺而已。看见那只鹰炫技的样子，我隐约感到了自己的弱小、胆怯与可耻，第一次有了像它一样飞起来的向往。那年我读小学三年级。

还有一只让我产生联想的鹰，是读中学时看见的。那时中学只上半天课，另外半天由学生自己组成学习小组完成家庭作业。作业很简单，因为课程本来就简单。我和同学们就自己寻找玩法打发多

余的时间。最喜欢的玩法就是去长江、嘉陵江游泳玩水,我们把那叫"下河洗澡"。我喜欢跳水,常常站到江边岩石上,双脚并拢,使劲蹦起来,头朝下往水里钻,特别爽。有时候找到更高的地方跳水,玩"雨燕穿空"绝技,那就更爽。

嘉陵江边的重庆港三码头,即今朝天门来福士广场西侧朝千路边,建了一条货运缆车道,从公路边斜斜地伸进江水里。支撑缆车道的钢筋混凝土桥墩很宽大,四条钢轨架在上面,两边还余有两米多宽的平台。嘉陵江涨水的时候,平台下面就成了一块天然"泳池",我也常去那里玩跳水。

有一天跳累了,我倒在桥墩平台上,身体躺成一个"大"字,眼睛仰望着天空。突然之间,脑子里嗡嗡作响,一片混沌。耳朵什么也听不见了,包括我那些正在水里玩耍的同学拼命打闹的声音也听不见。我一下感觉自己仿佛被人们抛弃了,抛出了这个世界,变成了一张纸,轻飘飘的没有一点重量。读书?生活?人生?或者其他?"没有意思!"我生平第一次感到了失落和空虚。

这时却见一只鹰从嘉陵江北岸飞过来,在桥墩上空来回地飞。它似乎很悠闲,缓慢扇动着翅膀,让上升的气流托着滑翔,一圈一圈地盘旋。我脑子里突然蹦出一个问题:那只鹰从天上俯看着江水,俯看着下面的人,它会想些什么?除了寻觅食物,它也会猜想人的内心世界?或者也跟我一样,会有突然袭来的空虚和失落吗?

鹰没有回答,它仍然自由自在地飞翔,好一会儿才慢慢飞走,逐渐隐遁在朝天门沙嘴"两江汇"的天空里。我的耳朵也逐渐恢复了听觉,重新听到了岸边趸船上广播的声音,并且越来越响亮、高六。仔细听了，广播内容似乎是一篇关于国际问题的政府声明，之后则是当时流行的歌曲，风格同样是响亮、高亢的，充满了激情。同学们从水里上岸，照样嬉笑打闹，没有任何人注意到我与那只鹰相对而视时一个少年瞬间的成熟，除了我自己。

那以后，我还无数次去长江、嘉陵江游泳。几十年来，"下河洗澡"作为一种人生爱好，一直没有丢弃，也是我认识这座城市的途径之一。只是随着年龄增长，我已不再有少年时仰躺遐想的功夫与爱好。当然，城市天空中也没有试图与我"对话"的鹰了。因为此时，我在江上和岸边看到的城市景观，已经跟从前有了很大的不同，汽车越来越多，房子越来越高，灯光也越来越亮，鹰已远遁。

不过，两条江还是一如从前，像两条有力的臂膀，忠实护卫着这座城市。尽管因为三峡水库建成，冬春时节的水流缓慢从容了许多，但长江、嘉陵江千百年来为人们养成的亲水生活方式，包括在其他任何城市都见不到的玩乐方法仍然保留下来，成为一种令人自豪和可供回味的传统。

比如，有一种玩法叫"放滩"，就是从江水上游的某个地方搭上江流放到下游，省时又省力，十分畅快。在长江放滩，跟在嘉陵江放滩，所得体验又截然不同。嘉陵江江面不宽，多数时候水流平缓，人与岸相对距离较近。从牛角沱到朝天门，边游边看夕阳下的曾家岩、大溪沟、黄花园、一号桥、临江门、洪崖洞、千厮门，仿佛走进山水画廊，慢慢欣赏，一个半小时很快就过去了。

长江水流湍急，尤其盛夏"发沙水"时节，从珊瑚坝放滩到朝天门，在我记忆里只需二三十分钟就到了，比坐公交车还快。岸边

序 章
我的重庆母城

的风景——燕子岩、枇杷山、石板坡、南纪门、储奇门、太平门、望龙门、东水门等,就像放电影一样,巨大的城市镜头快速闪过,而城市的整体轮廓则会清晰地印在脑子里。

什么是一座城市的轮廓?重庆的城市轮廓像什么,有没有什么寓意?对于这些问题,我和我的同学们很早就议论过。后来走过很多城市,与当地的朋友说起城市轮廓,他们总是把我拉到地图前对我解释,有的说像宫殿,有的说像城堡,有的说像蜘蛛网,还有的说像漩涡状的银河系,总之各有各的美。

这样说的时候,朋友的手通常会指着城市边缘线画一圈。我于是明白,他们所说的城市轮廓,尤其是北方平原上的城市轮廓,就是城市的平面布局形状。"重庆呢?重庆的城市轮廓像什么?"朋友这样反问。

我立即想起当年和同学们议论这个问题时的情景,我们没有一次是对着地图说的。或在教室里,或在操场上,多数时候是在游玩时,比如在枇杷山或鹅岭公园的制高点,在朝天门码头或千厮门的趸船上,在长江或嘉陵江的渔船舱舨间,后来还在长江、嘉陵江对岸,南滨路或北滨路的茶楼和火锅餐桌旁。有的说重庆城的轮廓像一柄剑,朝天门沙嘴就是那锋利无比的剑尖;有的说像一只展开翅膀的鹰,枇杷山就是鹰的头;有的说像菩萨的一只手,朝天门就是菩萨神奇的手指尖。说得最多的是,重庆城像一条大船,更像一艘气势磅礴的军舰。总之,我和同学们看到的城市轮廓,能够联想到的事物,都不是地图上的样子,而是实实在在的立体形象。

多年以后,我与一位长期从事地方史研究的老教授聊天,听他讲到巴族史。老教授说，古代巴人建都江州，也就是今天的重庆城，除了看中这里两江环抱，交通便利，山水相依，易于防守外，应该还有文化或精神层面的考虑，具体是什么，值得探究；否则就难以解释为什么选择这个半岛，而不是另外的地方。比如下游百多公里的涪陵，也是两江夹峙的半岛，有长江和乌江，但巴人没有在那里建都，只是用作了祖先的墓地，就是晋代学者常璩所著《华阳国志·巴志》记载的那段话："巴子时虽都江州，或治垫江，或治平都，后治阆中。其先王陵墓多在枳。"枳是涪陵的旧名。

听到老教授这话，我头脑里仿佛一道闪电闪过。想起小学毕业那年，第一次登上重庆南山，站在刻着"涂山"二字的崖壁上，看到渝中半岛全貌时的联想，觉得那城市轮廓很像我在《说文解字》里看到的一个象形字——巴。

后来跟同学一起在长江放滩，类似的联想更加清晰。那时我们从珊瑚坝放滩到朝天门，顺水漂流看到的江岸呈一个外凸的弧形，很大很长很规整，就像一位天神拿着一支巨大的毛笔，在大地上用力刷出来的。弧形的江岸恰像"巴"字那长长弯弯的一笔。我猜想当年巴人征战到重庆地界，在南山上看到两江环抱的江州地形，原来就是个"巴"字。他们感到亲切，认为此地就是上天特别恩赐给巴人生存的福地，于是决定建都于此！

我把这想法告诉老教授。老教授高兴地说，你把重庆的城市轮廓跟巴人的"巴"字联系起来，倒是很有意思的想法，以后不妨也作些研究。后来我的确作了些研究，沿着巴人兴族、立国、迁徙及至消亡的路线，在重庆、湖北、四川等地进行考察，并有若干研究

序　章
我的重庆母城

文章陆续发表出来，算是对生我养我的这座城市的一点感恩回馈吧。

说了那么多，其实只想说明一点，我就是一个土生土长的重庆崽儿，一个所谓的"老重庆"。这座城市自然也是我的母亲城，我对它永远怀着深深的挚爱。现在最想做的，就是与喜爱阅读和行走的朋友一起，共同探索这座历史文化名城三千年来的奥秘。来吧，现在就出发，跟着我走进渝中半岛，从长江和嘉陵江历史性的汇合点开始，探寻一下这座属于我，属于你，也属于全世界的重庆母城。

中山四路

第一章 上天赐予的福地

重庆城市英雄巴蔓子将军雕像

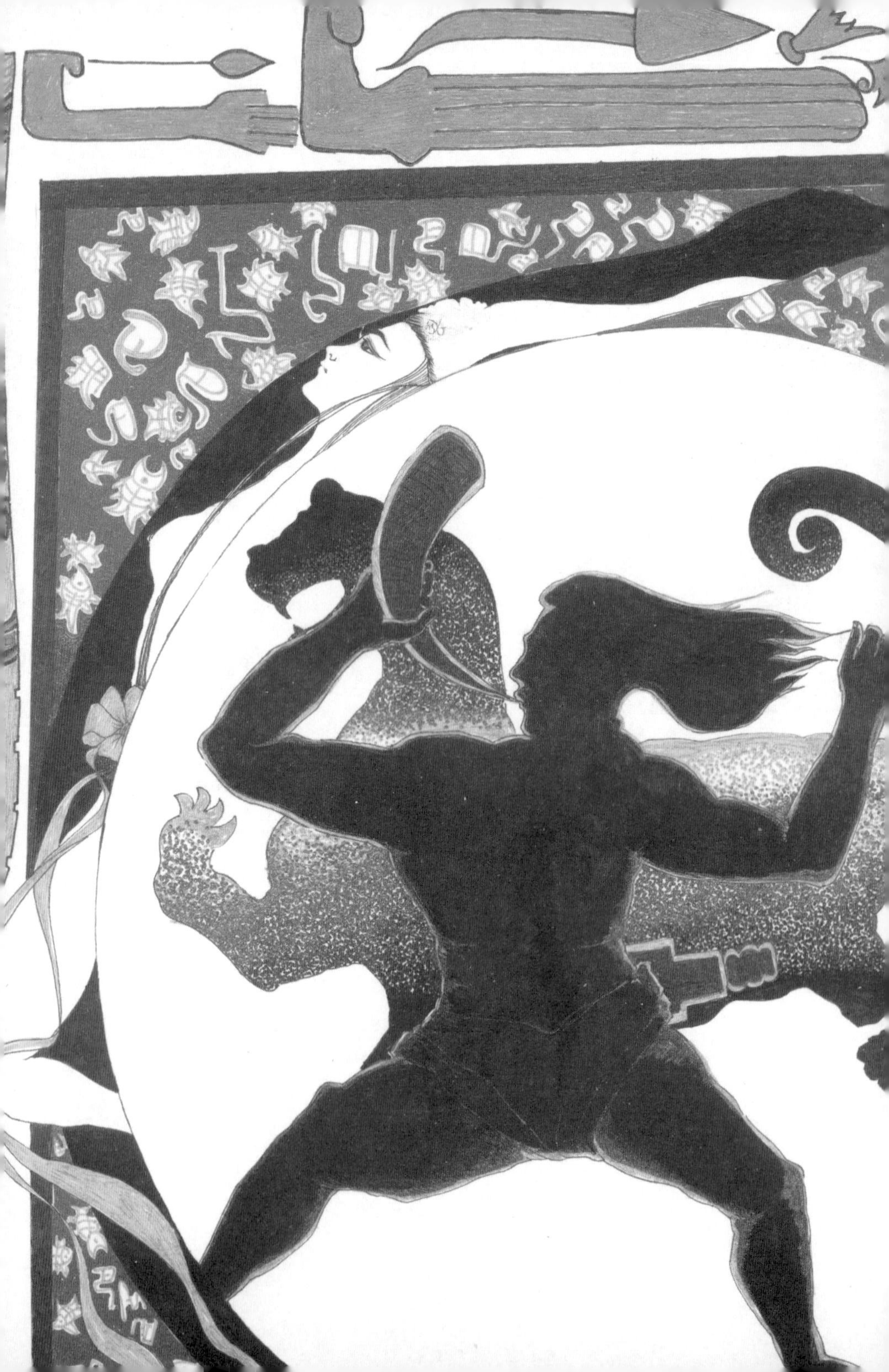

涂山风景

让我们从朝天门起步。

2006年4月，重庆市人民政府常务会议做出一个决定，将重庆"零公里"标志设定在渝中半岛东北端的朝天门。当年9月，一块约二十五平方米的金属铭牌在朝天门广场中央亮相，"零公里"正式成为重庆公路里程的计算起点，也是重庆城市原点的标志。

朝天门获得这个荣誉，既是众望所归，也是历史必然。尽管"朝天门"作为重庆的标志性地名，出现得并不算早。

南宋淳熙十六年（1189），恭王赵惇登上皇帝位，成为宋光宗，这座城市由恭州升格成重庆府。重庆作为西南首府在南宋朝廷的地位显著提升，这两江交汇处成为面向朝廷"迎官接圣"地，"朝天之门"先在民间自然形成。

朝天门见诸现存史籍的最早记载是《明太祖实录》。其中说到朱元璋的开国大将汤和进军巴蜀，与元末建都重庆的大夏国皇帝明玉珍之子明昇谈判归降事宜，明军"兵驻朝天门外"。紧接着，"明洪武初，指挥史戴鼎因旧址砌石城，高十丈，周二千六百六十丈七尺，环江为池。门十七，九开八闭，象九宫八卦"。（乾隆年间《巴县志·城池》）朝天门列在十七门之首，成为重庆第一门，延续至今。

除了城门，还有城楼。清朝编纂的《四川通志》记载："澄清楼，在朝天门内，揽秀环翠，俯瞰大江，在朝天门内第三门洞之右城上，明末毁于张献忠。"说明至少在明代，朝天门澄清楼已是重庆最显赫的地标建筑。

明清时期的朝天门还是重大节日的庆典场所，并为重庆官民普遍认可。"正月立春，先一日县令迎春于东郊，在朝天门外祀句芒。

春官着彩衣跳舞，说吉利语，谓之点春。"（乾隆年间《巴县志·风土·节序》）

古代的城区和郊外通常以城墙为界，城墙之外便是"郊"，亦称"厢"。句芒是主管春天农事之神，方位为东，亦称扶桑神。朝天门外江滩正向东方，"点春"仪典在此举行，是人们的自然选择。

其实无论得名早晚，朝天门作为城市原点的地位，在重庆已是历史常识，追溯三千年也不会旁落。

重庆最早的"城"在哪里？史籍似乎并没有留下确切的记录。然而，就现在能够找到的史料看，所有的记载都指向一个地名——"江州"。譬如前文所引《华阳国志》所记"巴子都江州"，字虽少，却收藏了足够丰富的历史信息。这里"巴子"的"子"，是西周王朝分封各国贵族的五等爵位"公、侯、伯、子、男"之一，巴国国君的爵位为子爵。

有意思的是，近代东西方交流，人们发现欧洲宫廷贵族也分了爵位等级，于是便借用中国历史上存在的五等爵位，对应翻译成公爵、侯爵、伯爵、子爵、男爵，省了不少事。此是题外话。而"巴子"的子爵爵位却有真正存在的历史故事予以佐证。

2000年11月，中国国务院向全世界公布了"夏商周断代工程"之《夏商周年表》，其中一个重要纪年和一起重大事件，以史籍记载、考古发掘和天文现象"天再旦"等权威证据，被正式确认：公元前1046年，中国历史上发生了一件翻天覆地的大事——"武王伐纣"。其时周武王姬发率领各地不满殷商王朝残暴统治的部族，在牧野摆开战场，打败了纣王的军队，一举推翻延续了五百年的商朝，建立了周朝。

牧野之战的胜利,也有巴人的功劳。史书记载的是,"周武王伐纣,实得巴蜀之师,著乎《尚书》。巴师勇锐,歌舞以凌殷人,前徒倒戈。故世称之曰,武王伐纣,前歌后舞也"(《华阳国志·巴志》)。

这是对巴人武士冲锋陷阵状态的描述。巴人是唱着战歌冲锋杀敌的,除了勇敢,还有乐观和高昂的士气。巴人的勇武形象曾经在华夏大地广为流传,以至九百年后,巴人后裔賨人参加楚汉战争,冲锋时也是唱着战歌,跳着战舞,屡建奇功。汉高祖刘邦看到賨人武士的战阵歌舞,不仅大加赞赏,还命令军中乐师学习传扬。这就是《华阳国志》和《晋书》所记的史实:"(賨民)初为汉前锋,陷阵,锐气喜舞。帝喜之曰,此武王伐纣之歌也,乃令乐人习学之。今所谓巴俞舞也。"

巴人参加武王伐纣的功绩,得到周天子的肯定,将巴人纳入自己的族群,赐予周王室的姬姓,封为子爵,称为"巴子"。春秋战国时候,周天子权威旁落,各国自立为王,巴子也"升格"成了巴王。《华阳国志》的记载是:"武王既克殷,以其宗姬封于巴,爵之以子……及七国称王,巴亦称王。"据后世历代学者考证,其时巴国的国都就在江州。这也是"三千年江州城"亦即"重庆母城"这个说法的最早来历。

再说"江州"。在重庆的历史上,江州最先并不是一个行政单元,而是一个地理概念;不是白居易《琵琶行》所咏"江州司马青衫湿"那个江州(今江西九江),而是江水环绕的山地即今天的重庆渝中半岛。

第一章
上天赐予的福地

相传大禹治水来到这里，就把这里叫作了"江州"，娶了涂山氏之女为妻，还留下"三过其门而不入室，务在救时"的佳话。这时的"江州"只是个地理名词，即以两江环抱山地的形态为其命名。大禹后来勘定九州，把华夏大地分为九个地理区块——冀州、兖州、青州、徐州、扬州、荆州、豫州、梁州、雍州。其中梁州就是以巴蜀为主体的西南地区，巴国所在的江州也属于梁州。"江州"一词直至战国后期，才演变成为一个行政单元名。

战国以后，这个地方先后属于秦巴郡、汉益州、晋梁州，南北朝的巴州、楚州，隋唐的渝州，宋代的恭州和重庆府……不过，始自秦惠文王实行郡县制后，从前只具地理概念的"江州"，开始以江州县之名成为一个行政单元，不时出现在史籍中。直到北周武帝五年（561）被"巴县"之名取代，"江州"二字又回归为地理名词。而那些郡、州、府、路、道、县等官衙驻地，绝大多数时候都在江州，所以"三千年江州城"真不是吹的。

"江州"之于重庆，其词义的核心不在"江"而在"州"。这个"州"非一般的河中沙洲，而是整整一座山——巴山。清巴县知县王尔鉴，对"巴山"一名的来历做过精彩论证：

巴山，在城内郡城坐山……《通考》载巴子国，后周县有巴山、涂山。虽未指巴山在城，而涂山与城对峙，似连而及之之义。且江水以三折而成巴字，故江曰巴江，县曰巴县，则山自名巴山，于义正，于地更切……沿山筑城，环江为池，人烟尘世，傍壑凌霄。

——乾隆年间《巴县志·疆域·山川》

这是说巴山就是重庆府城所在的这座山。元代马端临所著《文献通考》在介绍巴国时，指出后周（南北朝之北周）所设巴县有两座名山——涂山和巴山。涂山不用说，就是南山，而巴山就是这座城所在之山。这山既大且灵，得天地钟爱，最适合养人。故而乾隆年间《巴县志》编纂者王尔鉴也禁不住发出感叹："西南名山蜀为最，蜀境名山巴为最！"

至于这座大山里的金碧山（新华路）、枇杷山（观音岩）、古月山（曾家岩）、马鞍山（枣子岚垭）等，都是巴山的一部分。重庆人常说"山是一座城，城是一座山"，语源在此，城叫重庆，山就叫巴山。

毫无疑问，江州以两江环抱、占水运之利、进可攻退可守的地理形胜，在古代中国绝对具有无与伦比的经济价值和战略价值。最先发现并利用这块福地的巴人前辈，堪称慧眼独具。

大约在商朝中期，生存于清江流域武落钟离山（在今湖北省长阳县境）的一个巴人聚居群落，一位武艺超群的勇士在五个部落举行的比赛中获胜，被推举为巴部落联盟首领，他就是廪君务相。务相是他的本名，廪君则是人们对他的尊称。在不少史籍中，廪君务相被认为是古代巴国的创立者，譬如《后汉书》记下的廪君故事：

巴郡南郡蛮，本有五姓：巴氏、樊氏、瞫氏、相氏、郑氏，皆出于武落钟离山。其山有赤黑二穴，巴氏之子生于赤穴，四姓之子生于黑穴。未有君长，俱事鬼神。乃共掷剑于石穴，约能中者奉以为君。巴氏子务相乃独中之，众皆叹。又令各乘土船，约能浮者当以为君。余姓皆沉,唯务相独浮,因共立之,是为廪君。

——(南朝宋)范晔《后汉书·南蛮西南夷列传》

这是对古代部落曾经流行过的比武争王传统的描述。巴人的比武内容有两项——投剑、划船。居住在黑色岩洞的四姓首领,投剑都没投中,划土船都沉没了。只有居住在红色岩洞的务相获得了两项冠军,最后被推举为五部落的共同首领,称为廪君。

为什么叫"廪君"?"廪君"即"灵君",其词源来自以盐兴族的巫山巴民。早于《后汉书》很多年的《世本·氏姓》记载了两者之间的族缘关系:"廪君之先,故出巫诞。"

早在夏朝时期,巫巴山区的巴人先祖就建立了巫咸—巫䰯国,并被中国最早的地理著作《山海经》记载下来:"大荒之中有灵山,巫咸、巫即、巫肦、巫彭、巫姑、巫真、巫礼、巫抵、巫谢、巫罗。"这里,灵山就是巫山,即巫人居住的地方。其地理范围大约为今重庆巫山、巫溪及周边,包括渝东、鄂西地区。

而巫诞民正是巫咸—巫䰯国民中最具经商意识,靠行船贩盐积累财富兴起的一族。所以《说文解字》才有这样的注释:"灵,巫也,以玉奉神。"玉是财富的象征,而"灵"字的繁体"靈",字根就是"巫"。由此可知,武落钟离山的巴务相被众人尊称为廪君(灵君),亦即有神灵一样本领的"巫师之王",也是继承了巴人先祖的传统,具有值得骄傲的王者荣耀。

廪君务相的确无愧于这个荣耀。巴人在他的带领下开始了前所未有的伟大征程,开疆拓土,建立国家。直至其继承者定都江州,发展经济和综合国力，成为春秋战国时期一个"东自鱼复（今重庆奉节），西至僰道（今四川宜宾），北接汉中（今陕西汉中），南极黔涪（今渝东南黔西北）"的一个大国，雄踞中国西南三百余年；以至于司马迁写《史记》时，也多次说到巴国，"下里巴人"的民歌和民间故事也由此流传。

2004年夏秋之际，我曾循着史籍和地方文献指引的路径，从大宁河上游起步，顺流而下，经重庆巫溪、巫山，入长江至湖北巴东、秭归、宜昌；登岸至长阳，沿清江而上，过建始、恩施、利川；再转重庆黔江、酉阳，由阿蓬江进乌江，再顺流而下经彭水、武隆至涪陵；再入长江，先下行后上行，依次经过奉节、云阳、万州、石柱、忠县、丰都，最后回到重庆。之后又沿嘉陵江上行，经重庆北碚、合川，四川渠县、广安、武胜、南充，直到阆中。沿途进行了一次古代巴人迁徙路线的"寻根"式考察，对巴人从征战兴族到立国建都的艰辛以及廪君务相的心路历程有了一些实际体验。

清江上游有个地方名叫伴峡，再往上有个小镇叫盐池河。据当地人说，两个地名都与廪君的征战有关。

相传廪君务相把武落钟离山的巴人整合成部落联盟后，便带领族人沿清江西进，开始了拓展疆土的征战。但他们的扩张很快遭到了阻击。一个居住在清江上游，拥有盐泉之利的母系氏族部落把巴人拦下来，不允许巴人抢夺她们的土地和盐泉。双方由此展开激战，难分胜负。

多次交战后，到底是女人心软，盐水部落首领盐水女神向廪君务相提议罢兵休战，共同开发盐泉和清江的渔业。美丽的盐水女神

第一章
上天赐予的福地

还敞开胸怀接纳了廪君,愿意与他结为伴侣。那时西进的巴人驻扎在盐水部落的下游峡谷里,盐水女神每晚到廪君的营帐与他相伴共宿,以温情软化廪君的战争情结,白天仍带领自己的战士拦住巴人去路。女神的战士也多是年轻的女人,她们用麻布、兽皮和树枝、花草把自己装扮起来,跑动时犹如飞舞的蝴蝶,遮天蔽日,试图以此瓦解巴族男子的斗志。

这样过了些日子,巴族五姓对部落联盟何去何从展开了争论。四姓首领纷纷指责廪君务相爱美人胜过爱江山,警告他这样下去会毁了巴人的前程。四姓首领还把盐水女神描述为妖精,把盐水部落的女战士也形容成一群烦人的蛾子。廪君务相从女神的温情中清醒过来,答应带领联盟继续征战,最终建立巴人自己的国家。

鉴于盐水女神部落人多势众,只能智取不能力胜,廪君设了一个计,在女神再次与自己幽会的时候,假意向她示好,把一束黑色丝带(青缕)送给她当作爱情的信物,嘱她一定要随时系在腰间。女神毫不怀疑廪君的情意,果然把那束青缕系在腰间,向人们炫耀自己获得的爱情。

第二天,当女神与女战士们再次出现在巴人面前,跳起蝴蝶舞的时候,廪君悄悄藏在河边树丛中,张弓搭箭,瞄准系有黑色丝带的那只"最美的蝴蝶"射过去。美丽的丝带成了美丽的标靶,女神中箭死去。女战士们失去了首领,顿时在巴人的进攻下溃散败落,盐水女神部落从此消失。女神部落所在的地方就是现在的盐池河,而盐水女神与廪君务相相伴共宿的地方,就是今天的伴峡。

这个故事后来也被史学家范晔写进了《后汉书》,成为巴人历史最重要的材料之一。有史学家指出，廪君射杀盐水女神的传说，实际是父系氏族社会取代母系氏族社会的历史缩影，故事的内涵标志着中国古代社会由此进入了父权制时代。

我在伴峡听到这个故事后，心生一个疑问：盐水女神部落拥有盐泉这个古代社会最重要的资源，夷水（清江古名）的渔业出产也很丰富，母系部落还有足够浪漫的温情，大家一起过日子，连仗也不用打了，为什么仍留不住廪君和他的巴族战士？这个"此地广大，鱼盐所出"之地，还不够巴人建立自己的国家吗？他们到底想要什么？一路上我都百思不得其解，直到乘船回到重庆。

客轮到达朝天门码头，正是傍晚时分，夕阳把余晖变成金沙，从天上洒落下来，把整座城市装扮得金碧辉煌，如同仙境。嘉陵夕照的粼粼波光，仿佛成千上万条鱼儿在欢快跳跃，铺满江面。我心里突然有了灵感，或许当年的清江巴人部落征战到此，也曾目睹这样的景象。在南岸涂山，看到两江环抱的山势正像一个"巴"字，巴族战士都发出由衷感叹：山水连绵，极目千里，这才是真正的"此地广大，鱼盐所出"之福地啊！

当年巴人看到的"夕照金沙"景象，事实上还有很多人看到。两千多年后，明代地理学家曹学佺，在朝天门距江面二十丈高的山岗上，也看到了"夕照金沙"，于是为自己所站山岗取了个名，叫金沙岗。那地名一直沿用了几百年，清代设为金沙坊，民国复名金沙岗，20世纪中期才改成了节约街，今日那里是一幢巨型商厦，名叫来福士。

在曹学佺之后，清代巴县知县王尔鉴，这样描述了他所认识的

第一章
上天赐予的福地

江州城景：

聿我中巴，幅员辽阔。犁巇锄云，栖霞傍壑。各安浑沌，寰窍不凿。笺鉴淳风，雨露维渥。

——乾隆年间《巴县志·城图铭》

王知县眼里的重庆，幅员辽阔，民风淳朴，山似锄犁，耕云播雨，早晚之间，彩霞相伴，好一幅人间仙居图。

巴人建都江州，除了权威的《华阳国志》外，在史籍中还有不少记载，如《左传·昭公九年》："及武王克商……巴、濮、楚、邓，吾南土也。"这是周王室贵族周詹桓伯的话。为此，魏晋时人杜预的注释特别指出："巴国，在巴郡江州县。"

《汉书·地理志》："巴郡，故巴国。"

《舆地广记》："巴县，古巴子之都，本江州，古巴国也。"

《太平寰宇记》卷一百三十六："巴城在岷江之北，汉水之南，即蜀将李严所修古巴城也。"这里所谓"岷江"就是长江，"汉水"亦称西汉水即嘉陵江。

而在此之前很久，巴国还以"巴方"一名出现在殷商甲骨文中。《殷墟文字乙编》《殷墟文字丙编》《殷墟粹编》里有多条妇好伐巴方的甲骨卜辞。其中一条记载："壬申卜，争贞，令妇好从沚戜伐巴方，受有又？"意思是在壬申那天，商王多次占卜，如果让妇好带沚戜的军队去讨伐巴国，会受到神灵保佑吗？

妇好是商王武丁的妻子，也是一名女将军。其时向商王朝贡的地方政权称为方国，巴方是其一，或许因其不服统治而受到讨伐，说明商中期巴国已经成为华夏民族大家庭的一员，那恰是清江廪君巴人部落兴起时期。

先秦《逸周书》记载了周成王大会诸侯的盛况，巴国也前往参会："成王大会诸侯于东都，四方贡献方物，氐羌以鸾鸟，巴人以比翼鸟，蜀人以文翰，濮人以丹砂，夷人以樵木。"

这说明西周初期的巴国，与中原周王室一直有着密切联系，人民也有了安居乐业、寻找比翼鸟之类奇珍异宝的条件。而国都江州的城市面貌也是可以想见的了，尽管在现存史籍里没有直接的文字记录，但若干巴国城市的存在已经有据可考。

1972年至2002年，中国考古工作者对涪陵小田溪古代墓葬进行了持续三十年的发掘，出土了大量青铜器。从铜剑、铜戈、铜编钟等器物上的标志性图语和铭文，考古学者一致认定，那应该就是历史文献中记载的"先王陵墓多在枳"的历代巴王墓葬。

无独有偶，1987年4月15日，"市中区朝千路一码头附近一建筑工地发掘出土青铜戈、矛、剑、弩机等共五件，经鉴定为春秋战国时期兵器"（《重庆大事记》，重庆市地方志编纂委员会，1989年）。

引文中的"市中区"即今渝中区，朝千路一码头即重庆港嘉陵江一侧，按江流方向顺序排列的第一个码头，也称千厮门码头，在今洪崖洞景区下方。其下的二至四码头都在嘉陵江一侧。长江一侧的五至九码头在朝天门至东水门江段。春秋战国时期的巴人青铜器在朝天门地区发掘出土，也为朝天门作为重庆城市原点提供了实物

证据：巴人本来就是濒水而居的民族。

中国古代典籍所记巴国的史实，迄今流传最广也最震撼人心的，要算巴蔓子将军献头护城的故事。

战国后期（"周之季世"），巴国发生了内乱，国家面临分裂危机。巴王急令驻守东部边境的巴蔓子将军赶回江州平乱。但那时军权已被叛乱贵族掌握，巴蔓子兵力不足，于是向东边的楚国借兵。楚王答应借兵，但要巴国割让三座城来交换。面对勒索，巴蔓子别无他法，只好答应条件，并以自己的人格担保，说如果拿不到三座城，我把脑壳砍给你！

巴蔓子带兵打垮叛军，国家恢复安宁后，楚国使臣随即赶来要巴蔓子兑现承诺，确认割让的三座城。面对尽军人守土之责与践诺割让国土的两难境地，巴蔓子坦诚地做出了选择："诚许楚王城，将吾头往谢之，城不可得也！"说罢便抽出佩剑，把自己的头割下来交给楚国使臣。史书记载这个事件时，使用了"魔幻现实主义"手法，说巴蔓子是自己把头割下来，亲手交给楚国使臣的——"乃自刎，以头授楚使！"（《华阳国志·巴志》）

一个"授"字，把当时的动态描述得既悲壮又魔幻。

巴蔓子将军当年行为的性质，究竟是尽责践诺还是背信违诺？曾有人以当代商业思维逻辑来评判，进而得出令人啼笑皆非的结论。而历史则以自己的规律给出了答案。《华阳国志》接着写道，楚国使臣没拿到三座城，只好把巴将军的头带回去复命。楚王见状感慨说："使吾得臣若巴蔓子，用城何为？"于是下令以上卿之礼埋葬了巴蔓子的头颅。巴国也以上卿之礼安葬他的无头之躯。巴楚两地百姓都把巴蔓子将军视为英雄，传颂至今。

巴蔓子将军葬在哪里？明清时期的地方文献《蜀中名胜记》《巴县志》均指明了一个地点，就是今天的渝中区七星岗莲花池。那里有一座六边形圆拱顶石砌古墓，上覆一巨大的石券拱洞，一块石碑镶嵌在墓石中间，看上去古朴而苍凉。小时候我就去看过，那时在墓冢上方公路边还立了一块"T"形水泥标识牌，上书"东周巴将军蔓子墓"，重庆民间习惯叫做将军坟，今天已经成为国家重点文物保护单位。

巴蔓子拿自己的头守护的三座城，当然不会是巴国国都。重庆地方史料多认为是今重庆巫山、奉节、忠县。其中忠县是巴将军长期驻守的地方，也是他的出生地。史籍既载明了巴蔓子拿自己的头守护过三座城，由此推知，国都江州亦应是一座更大的城。

古代巴国江州城究竟有多大，是什么样子，有没有城墙？没有相关的记载。但文字无记载不等于没有，历史上的城墙也有多种砌筑方式，土墙和木楼围起来的也是城，只是难于保存罢了。

真正见诸史籍最早，也最确凿的记载，是秦相张仪筑江州城。那是在巴国灭亡两年之后。《华阳国志》记载巴人亡国，有两段触目惊心的文字：

周慎王五年，蜀王伐苴。苴侯奔巴。巴为求救于秦。秦惠文王遣张仪、司马错救苴、巴。遂伐蜀，灭之。仪贪巴、苴之富，因取巴，执王以归。置巴、蜀及汉中郡，分其地为四十一县。仪城江州。

——（晋）常璩《华阳国志·巴志》

第一章
上天赐予的福地

赧王元年，置巴郡，治江州。

——（晋）常璩《华阳国志·蜀志》

这是说，公元前316年（周慎王五年），蜀国与同处四川盆地内的一个名为"苴"的小国发生了冲突，苴国向巴国寻求帮助。而此时的巴国已经不再强大，自知打不过蜀国，便代苴国向强大的秦国求援。秦惠文王派丞相张仪，也就是那个靠三寸不烂之舌吃饭的著名纵横家和将军司马错带兵伐蜀，一举灭掉了蜀国。而张仪看到苴国和巴国土地肥沃富庶，眼馋而起贪心，干脆把巴国也灭掉，还把巴王捉回了秦国。两年之后的公元前314年（周赧王元年），张仪主持修筑了江州城。

这故事读起来令人心酸，还多有讽刺意味。张仪的行径，好比一个山大王，自命替天行道，保护弱小。一个村姑受到左邻老汉欺负，向右邻大嫂喊救命。大嫂打不过老汉，向山大王求援。山大王摆出大哥姿态，出手收拾掉老汉，回头见村姑和大嫂都美若天仙，干脆放把火把她们房子烧了，将俩美女绑到山寨彻底"保护"起来。俩美女追悔莫及，不得不在反抗与认命两者间选择。强权即公理，大约也是战国时代的"国际关系准则"。

史籍没有记载巴王被捉去秦国后是反抗还是认命。而五百多年后，相似的一幕再次上演，地理背景也在巴蜀之地。263年，蜀汉军队被魏将邓艾、钟会打败，后主刘禅（其乳名阿斗更广为人知）举国投降，成为亡国之君后被送往洛阳，受封安乐县公。刘禅选择了认命，还留下了"乐不思蜀"的典故。

巴王的最后结局没有文字记载，对于巴人来说或许更容易接受些，至少没留下"乐不思蜀"的笑柄。在巴地的历史传说中，宁输脑袋不输尊严的行为从来就被广泛尊崇，称为忠勇人格。前述"断头将军"巴蔓子是最早的榜样，排在第二的是三国时期的严颜。

明代成书的《三国演义》写道：张飞带兵进西川，欲与刘备、赵云会合取成都，到巴郡却遇到顽强抵抗。张飞久攻不下，发誓一旦攻下将要屠城。最后张飞使巧计，把城内守军诱出城外，设伏活捉了守城将军。这个将军就是益州牧刘璋的部将、巴郡太守老将严颜。后来张飞有感于严颜大义凛然拒绝下跪乞降的忠勇义气，于是为其松绑，反过来跪拜严颜以示尊敬。

"义释严颜"的故事有真实来源，正史的记载是：

（张飞）至江州，破璋将巴郡太守严颜，生获颜。飞呵颜曰："大军至，何以不降而敢拒战？"颜答曰："卿等无状，侵夺我州，我州但有断头将军，无有降将军也。"飞怒，令左右牵去斫头。颜色不变，曰："斫头便斫头，何为怒邪！"飞壮而释之，引为宾客。

——（晋）陈寿《三国志·蜀书六·关张马黄赵传》

小说几乎照搬了史书中的此段情节，也把严颜的忠勇形象广为传播，影响深远。重庆地方志记载，严颜为巴郡临江县（今重庆市忠县）人，为人耿介直率，为官清廉自守，名声清白不污，面对死亡大义凛然。在获张飞"义释"后亦不改节，其最后结局是，"璋败，颜自刎死"（乾隆年间《巴县志·严颜传》）。

第一章 上天赐予的福地

唐贞观八年（634），太宗李世民下诏谥严颜为"壮烈将军"，与其同乡"断头将军"巴蔓子并列褒奖，敕令将临江县升格为忠州。

《三国志》明确说道，张飞是在江州"破璋将巴郡太守严颜"，将其捉获并义释的，也就是攻破了江州城。《三国志》的作者陈寿是三国至西晋时期的巴郡安汉县（今四川南充）人，其地在嘉陵江中游，距江州不远。他还在蜀汉朝廷任过主簿、秘书郎等职，多次到过江州，实地踏访过那座最先由张仪其后由李严修筑的城。因此记载准确，不像小说《三国演义》把江州的地理环境写得像北方城市，譬如小说第六十三回写了一个细节，"张飞性急，几番杀到吊桥，要过护城河，又被乱箭射回"。

须知江州是山城，自古以来都是"环江为池"，即以长江和嘉陵江为天然屏障，不需要挖护城河，也没有吊桥的。小说作者罗贯中是山西太原人，可能没到过重庆，所以留下了文字破绽。

至此为止，我们已经可以勾画出公元前314年（周赧王元年）至公元213年（汉建安十八年）江州城的大致轮廓了。其城市范围经后世巴史学者考证，当在今天北起朝天门，南至小什字，东起东水门，西至千厮门之间。1992年出版的《重庆名人词典》收入张仪词条时，对"仪城江州"史实作了这样的描述："公元前314年，秦置巴郡，以江州为郡治。为了巩固秦国对巴郡的统治，他（张仪）指挥修筑了江州城，这是重庆有城之始。江州城改变了巴国以山为城的传统，筑土城于今重庆朝天门、望龙门、千厮门、小什字之间，方圆约两平方公里。"

五百年过去，江州的土城墙已经毁坏得差不多了。在张飞义释严颜故事发生十三年后,蜀汉重臣、中都护兼前将军李严奉命驻守江州,第一件事就是重筑江州城。李严还在重庆的城市建设史上,首次提出了真正的"沿山筑城,环江为池"的规划。由古代巴人最先开发的这块福地,开始了新的征程,而朝天门作为城市原点的功能将再次被确认。

第二章 赵云中军帐与朝天门灵石

古风盎然的嘉陵江千厮门码头

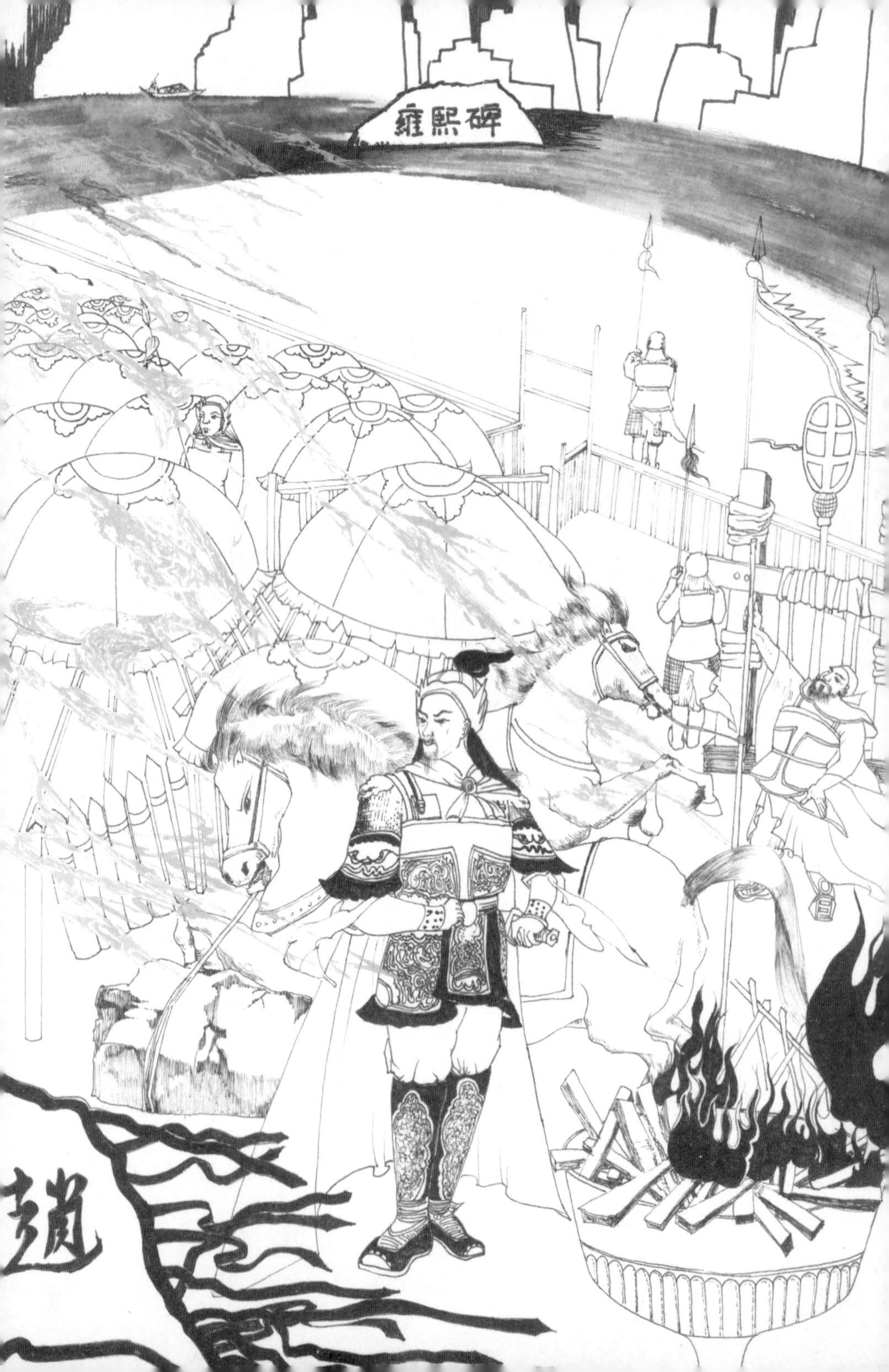
羅熙碑

鹅岭

2019年夏秋之季，万里长江一东一西的两座大城市，先后发生了两起影响空前的商界大事。

一是世界著名零售企业开市客在中国的第一家超市于上海开业迎客，不料引发了海啸般的商业热潮。成千上万的顾客同时光顾，以至超市不得不提前于中午时分闭门谢客，其后很多天也人满为患。二是新加坡来福士集团在重庆门户朝天门开发的最大商业地产——来福士商业广场盛大开业，也引发了"地震效应"。连续两周，顾客人流超过最大接待量，导致朝天门地区交通严重拥堵，公安交管部门不得不采取特殊管制措施，限制所有私家车驶入该地区。

这两起零售商业事件，在近年全球经济陷入不可预期的低增长背景下，显得格外另类辉煌。学者分析上海开市客商业现象的成因，主要集中在其特有的会员制营销模式及货品低利润率与中国传统商店和"电商"模式的颠覆效应上。重庆来福士广场的持续火爆，则更多地受到朝天门这一独特地理位置的影响，使一幢商业楼宇具有了某种景观效应。而在此之前，重庆市民对极具现代性的来福士广场与朝天门传统山城风貌的冲突与取舍，曾经展开了持续激烈的讨论与批评。其时朝天门码头及长江、嘉陵江"两江汇"景观因来福士项目施工，与市民隔绝已逾三年之久。

新落成的大楼以其高入云天的气魄和俯瞰两江的视野，成为观赏山水名城的最佳平台。人们拥向这里，早已将购物与赏景的功能作了颠覆性的选择，从而把对朝天门的热爱做了一次集中宣泄。

重庆人这样的体验，有其深厚的历史根基和人性本源。历史上，朝天门一直以来都具有通航经商与代表性景观的突出功能，从古至

第二章 赵云中军帐与朝天门灵石

今没有改变过。

如前所述,"朝天门"一词的本义为面向朝廷迎官接圣之地,其得名晚至1189年恭王赵惇成为宋光宗之后。而在此之前,朝天门这地方早已确立了城市第一门户的地位,历代筑城都以此为原点。

除去西周和春秋战国时期七百多年,巴人以江州为国都外,有文字记录的筑城大事共计四次,分别是公元前314年秦相张仪首筑江州城、三国蜀汉李严二筑江州城、南宋彭大雅修筑重庆城、明朝戴鼎再筑重庆城。以城墙为界限标志的城市范围也逐次扩大。

继第一次"仪城江州"之后,五百多年间再没有筑城记录,直到汉末三国时期。蜀汉章武元年(221),刘备为抗衡曹丕废黜汉廷建立曹魏政权之举,在成都正式建立蜀汉朝廷,成为汉大行皇帝(去世后谥汉昭烈帝),同时厉兵秣马抓紧备战,以实现统一天下的抱负。江州成为蜀汉的门户与战略要地,历任江州都督皆为名将。前有巴郡太守严颜、费瑾,后有尚书令李严、李丰父子以及梓潼李福、车骑将军邓芝等。

著名的虎威将军赵云也曾担任过江州都督,其时正逢蜀汉国运转折之际。晋代成书的《三国志》记载了这段往事。

刘备入川建立蜀汉政权后,东吴派兵抢夺荆州,杀害了关羽。刘备盛怒之下,急欲率军讨伐东吴。诸葛亮不同意伐吴,赵云也认为应该继续执行诸葛亮提出的国策,东和孙权,北拒曹操。赵云劝谏刘备说:"国贼是曹操,非孙权也,且先灭魏,则吴自服……不应置魏,先与吴战,兵势一交,不得卒解。"但这时的刘备已听不进不同意见,接着又发生了张飞被其部将张达、范强杀害的事。刘备执意为结义兄弟复仇,"遂东征,留云督江州。先主失利于秭归,云进兵至永安,吴军已退"(《三国志·蜀书六·关张马黄赵传》)。

  这是说刘备虽然不听诸葛亮和赵云的劝阻,执意伐吴,但在军事上也准备了后手,让赵云这名忠诚战将担任江州都督,准备接应。赵云的确在刘备兵败后做了接应,带兵赶到永安(今重庆奉节)以阻击吴军。不过吴主孙权和大将陆逊也审时度势,为防备曹魏乘机犯吴,便认了"穷寇勿追"这个道理,撤回追兵并主动求和。已经病重的刘备,因而能相对从容地进行"白帝托孤",时蜀汉章武三年(223)。

  赵云"督江州"的史实发生在李严筑江州城之前,其时的城市面貌是什么样?史籍没有具体描述。而在重庆民间,则有一个传说故事为我们留下了想象空间。

  赵云是重庆古代史上最有名的长官,或许也是最"寒酸"的长官。他当江州都督的时候,连个都督府都没有,住的是一顶帐篷,叫中军帐。这个中军帐搭在哪里?就在朝天门沙嘴河滩上,那里离江水最近,随时可以驾船出征。

  一天晚上,赵云到各营巡夜查看,听见士兵们闹哄哄的都没有睡觉。原来这江边的蚊虫太多,士兵们被叮咬得睡不安生。赵云心想,蚊虫滋扰,军心不稳,那还怎么打仗啊?他马上召集各营统领来中军帐商量对策。

  有个将军建议把军营移到山坡上,地势高的地方风大,蚊子站不住脚,自然就少了。立即有人反对说,不行,这两江滩头扼守要冲,本来是为出击方便,军营移到坡上,离岸远了,万一敌人偷渡

第二章
赵云中军帐与朝天门灵石

进攻,我军要反击都来不及。这话说得在理,赵云没有采纳移营的建议,但也没有其他办法,回到中军帐倒头便睡。

那晚天气闷热,赵云睡不踏实,迷糊之际只见一个鹤发老者走进来,说道:"将军身经百战,破敌无数,小小蚊虫何足为虑?快快起来,我自有妙法授你。"说罢飘然而去。

老者这话,正是赵云心中所想。他有心讨教,翻身起来追出营帐,哪里还有老者身影。倒有成群的蚊虫一拥而上,密密匝匝把他围得铁桶一般。赵云被滋扰得心烦意乱,不禁发出一声怒吼:"蚊子些听着!我常山赵子龙为复兴汉室,讨伐奸贼,带兵到此。尔等胆敢作对,动我军心,我决不轻饶!快快滚蛋,飞得远远的,不准再回这江边来,否则定当大火剿灭!"

这一声吼气吞山河,唤起阵阵江风,长江对岸的南山也发出久久回响。江边蚊虫哪见过这阵仗,一下被吓得四散奔逃,再也没有回来。

原来那鹤发老者是太白金星,他以激将法启示赵云领悟驱蚊法术——烟火加江风。后来人们便按赵云的话在江边烧火生烟驱蚊,从此,朝天门这一带就没有蚊子了。

这故事在重庆民间流传甚广,收入1988年编纂出版的《中国民间故事集成·重庆市市中区卷》,故事名就叫"朝天门为什么没有蚊子?"最初的起因,便是一个关于朝天门的自然现象,那地方没有蚊子。

这是真的,我也有体验。小时候常去江边游泳玩耍,其他地方都有蚊子,唯独朝天门没有。朝天门两江夹峙,开阔当风,坡岸少积水，即使不生烟火也没有蚊虫。老百姓喜欢赵云，把人和自然现象联系起来，就成了前述的民间故事。城里有个地方叫白龙池，相传就得名于赵云和他的战马。乾隆时期编成的《巴县志》有记载："白龙池，在崇因坊，东岳庙前。"民国二十八年（1939）编成的《巴县志》也记载了白龙池街名。

崇因坊和东岳庙，20世纪40年代毁于日本飞机大轰炸，我小时候还知道其位置。东岳庙在今渝中区五一路北段，正阳街口，后来那里成了市京剧团的排练场。正阳街是条坡度很大的街，下端与八一路相接处就是白龙池，亦即崇因坊所在位置。20世纪90年代之前，那里有家著名饭店"老四川"。饭店外的街中心还有个喷水池，人们也叫它白龙池。后来那地方拆迁，"老四川"与留真照相馆地块建成了重庆金店大厦。周围还有洲际酒店、地王广场、大都会商厦等驰名地标建筑，十分热闹。

近年进行的第二次全国地名普查，也对白龙池作了确认。"八一路，原名保安路，由白龙池、大阳沟、中营街等合并而成。白龙池来源于刘备部下赵云所骑的白马曾在这里的水池中饮过水，并在池边系马桩系过马，故名白龙池。"（《第二次全国地名普查渝中区普查登记表》，2016年）

当然，普查登记表依据的也是民间传说，并不等同于史实。而民间故事能够长久流传，自有其存在的道理。在重庆人的记忆中，赵云不仅是忠诚勇敢的战神，也是治军爱民的典范。重庆地方史志特别记载了刘备伐吴期间，赵云在江州时严格治军，对百姓秋毫无犯的事迹："云督江州，严纪律，备卒乘，军令肃然。"（乾隆年

第二章
赵云中军帐与朝天门灵石

间《巴县志·名宦·军功》)

英雄受到百姓爱戴,却未必能得君王尊重。譬如赵云,以功勋卓著的虎将资格,犯颜直谏刘备出兵伐吴,坚守正确国策。刘备却不听劝谏,执意出兵,直到战败。赵云赶到永安救驾,保护刘备白帝托孤,后来也没受到后主刘禅重用,这就是历史。朝堂上的是非跟老百姓的褒贬所遵循的逻辑往往是不一样的。

而民间故事之所以流传,往往有其自然与社会的道理。作为赵云都督府的中军帐,在人们的记忆中不选别处而选朝天门,个中缘由也是显而易见。作为城市原点和两江要冲,朝天门的重要性,无论什么时代都是不能低估的。事实上,重庆先民很早就在此留下了最具标志性的刻痕。

朝天门两江汇滩涂,老地名叫"沙嘴"。沙嘴不完全是沙,也有岩石,而且是一片巨大的岩石,称为石梁。石梁从沙嘴直伸进长江和嘉陵江交汇的水里。冬春季节江水枯涸,沙滩和石梁露出水面,沙滩成为船舶和商家堆货的码头,石梁则变成了青少年的"游乐场"。我小时候就常跟伙伴们一道爬上石梁,顺着岩层褶皱走到江边,光脚踩进江水里追逐嬉闹,以显示自己的"胆大英勇"。

在这里,我不得不为"胆大英勇"几个字打上引号。只因我和伙伴们实在也算不上英勇,不敢像往常在长江或嘉陵江码头一样,任性地跳进水里游泳。不仅我们这样的孩子不敢,大人们也不敢,因为那是两江汇!

两江汇还有个名称叫"夹马水",意思是两条江在此交汇形成的强大水流,可以把任何动物都夹成肉饼。事实上历年都有人和船只在此遇险罹难，最深刻的一次记忆，就在我少年时代。"1967年5月6日，重庆轮渡公司108客轮与长江航运公司111轮在重庆港内呼归石附近碰撞。108轮当即撞沉，死亡134人。"(《重庆大事记》，重庆市地方志编纂委员会，1989年)

呼归石在两江汇下方，朝天门至南岸弹子石的轮渡由此水域经过。那时学校早已停课，同学间只能相约玩耍。事故发生时，我正在小什字九尺坎一个同学家，听到轮渡在夹马水翻沉的消息，都跑去看。没看到事故发生过程，但见港口码头仍然气氛紧张。最后看到一艘救生艇从下游驶来，停靠在朝天门四码头，几个年轻的幸存者经过跳船走下来。众人围上去询问，他们回答是轮船翻沉后自己游上岸的。在我们眼中，他们就是英雄了。

夹马水早已成为玩水者的禁区，甚至那片岩石的名称也让人心生敬畏。沙嘴的岩石名有两个——象鼻石和磨儿石。在长江一侧的象鼻石从岸边延伸进江水里，岩体巨大，造型独特，那石脊恰像长长的象鼻子正在吸水，故名。人们传说，象鼻石聚天地大江之灵气，是象鼻子菩萨化现世间度人的。世人生了病，或想生孩子，来此求菩萨，喝碗象鼻石边的江水便能遂愿。如若不敬菩萨，定无好报。

相传从前有个里正老爷，为人小气贪财，有次生了病，吃药也不见好，派一长工去象鼻石舀碗神水来治病。长工说求菩萨要烧香，老爷拿钱买炷香啊。老爷说："我是这方里正，都是别人求我，怎可要我求人？"长工提醒说，这回要求的可是菩萨呢。老爷说："菩萨在我地盘，也得归我管！"还是舍不得花钱。乡亲们听了，都骂里正老爷不知敬畏菩萨，太吝啬难免遭报应。

第二章
赵云中军帐与朝天门灵石

果然，里正老爷喝过象鼻石水，病没除去反害了痢疾。老爷有气不得出，叫长工挑了大粪泼到象鼻石上。菩萨受到玷污，久不显圣，众乡亲皆骂里正老爷。老爷心里发虚，梦见象鼻子菩萨对他说："我显我的圣，你做你里正。我又没惹你，你凭啥泼我粪！"

此故事也收入了《中国民间故事集成·重庆市市中区卷》。人们说，其实菩萨也是讲道理的，己所不欲，勿施于人，做人不能太里正！从此，象鼻石被称作灵石，人们对它多有敬畏。

磨儿石，在朝天门沙嘴石梁的嘉陵江一侧。嘉陵江在这里向内弯曲，崖岸相对陡直，其内侧有一处突出如磨盘的圆石，俗称磨儿石。与象鼻石一样，磨儿石也被尊为灵石，还有石碑题刻记其灵验。

早些时候，嘉陵江上没有桥，也没有过江索道，人们从江北进城都靠渡船连接。从朝天门去往江北嘴的渡船码头，俗称磨儿石码头。其得名之始，便缘于码头旁边水面下那块形似石磨（重庆人习惯叫做磨儿）的巨石。相传当嘉陵江水极端枯涸的时候，磨儿石露出水面，当年的庄稼便会丰收，十分灵验，故称灵石。重庆民谚"枯水兆丰年"，就是这么来的。

不过，因为灵石的位置极低，通常不易现身，来往两岸的人，很多一辈子都没看见过那块石头，只把磨儿石码头当成一个习惯名。我和小伙伴在朝天门江边玩耍的时候，也没看到那块如磨儿样的灵石，在我童年的记忆里，那就是一个传说。

多年以后，有幸得到一位文学同道的指点，在清乾隆年间的《巴县志》里，查到两段文字记录，那传说才变成了信史，灵石的确存在于朝天门水下：

> 丰年碑，在朝天门汉江水底石盘上，碑形天成，见则年丰。一名雍熙碑，一名灵石。汉晋以来皆有刻，非江水涸极不可得见。康熙二十三年、四十八年碑两现。乾隆五年二月碑复现，字痕隐没泥沙，依稀可考。
>
> ——乾隆年间《巴县志·疆域·古迹》

这是说，灵石的正式名称叫丰年碑，也叫雍熙碑。位置在朝天门外嘉陵江（古称汉江或西汉水）水底一块巨大的石盘上。石碑不是刻字后立上去的，而是天然形成的碑状岩石，其上刻有东汉以来的历代水文资料，只有当江水极端枯涸时才会露出水面。在《巴县志》编纂者、巴县知县王尔鉴生活的清康熙和乾隆年间出现过三次。碑上字痕虽被泥沙隐没，但还依稀可辨，其记录的水文信息真实可信。

除了"古迹"一卷记载，王尔鉴还在自己撰写的《丰年碑铭》里作了详述，收入《巴县志·艺文》篇。其中说到灵石所刻最早的水文记录，是汉光武帝建武二十五年，即49年。

"灵石"和"雍熙"的语词来源，亦有悠久历史。"灵石"源于古代巴人占卜记录吉祥事件的刻石。"雍熙"一词出自西汉张衡："百姓同于饶衍，上下共其雍熙。"（《昭明文选·东京赋》）意为年岁丰饶，百姓富足，朝廷上下都和谐。重庆先民以此语称呼灵石，也寄托了对丰饶富足生活的向往。

记录朝天门灵石的第二篇文献是《雍熙碑记跋》，作者为巴县本籍人士龙为霖。该文早于王尔鉴《丰年碑铭》，也收入了《巴县志·艺文》篇。

第二章
赵云中军帐与朝天门灵石

《雍熙碑记跋》记载，乾隆五年（1740）二月，重庆遭遇春旱，长江和嘉陵江极度干涸，雍熙碑整体露出水面超过一尺，碑上字形尽显。江边的人都围上来看稀奇，却不认识刻石上的文字，以为是古体篆书。龙为霖听说后也到江边查看，果然有古代刻石记事文字，但他只看到了一块南宋绍兴年间（1131—1162）所刻的碑铭，那也极为珍贵。龙为霖与家仆一道打来江水，把碑石泥迹磨洗干净，"录其全文以归。是夜，江陡涨，碑遂湮"。（乾隆年间《巴县志·艺文》）

龙为霖是康熙四十五年（1706）进士，曾在云南、广东当过朝廷命官，最后在潮州知府任上致仕。回到重庆后，龙为霖成为受人尊敬的"乡贤"，热心于家乡建设，常为本地官员提供各种咨询。这次灵石露面，他抢在江水陡涨淹没刻石之前抄录下碑记全文，又连续几天研读铭文，把整理好的水文资料即碑铭所记晋、唐、宋三代若干年间的水文记录，向地方官员推荐参考，以便合理安排农时。他相信"枯水兆丰年"这个民谚，包含了丰富的实践经验和民间智慧，也希望家乡年年都能丰收。

时任重庆知府的李厚望，读到龙为霖抄录的雍熙碑铭文后，专程到他家拜访请教。李厚望是直隶蔚县（今属河北张家口）人，进士出身，乾隆三年（1738）调任重庆。李厚望重视文化建设，一来就捐出自己的薪俸创办了渝州书院。他为官正直严谨，对自己不熟悉的事务不轻易表态，对涉及重庆水文情况的事尤其谨慎。在他老家河北，有"瑞雪兆丰年"的谚语，却没有"枯水兆丰年"的说法，因此对雍熙碑水文记录的真实性也不敢轻信。在向龙为霖请教时，李厚望特别说了自己查到的一则信息，朝天门灵石中的明代碑铭曾经记录了一个相反的事实:"弘治改元,碑出岁旱。"

这里说的是,明弘治元年(1488),朝天门灵石露出了水面,而当年重庆却遭受了大旱和饥荒。李厚望面带忧虑,请龙为霖为其预测一下年景,到底是丰还是歉。

龙为霖为李知府解释说,任何基于经验的预测都有例外,弘治元年"碑出岁旱"也是个例外,李公大可不必忧虑,"修其政以俟天,守土者之职",为官一任只需按常规做好自己的分内事,"必屡丰"。结果是,龙为霖依据朝天门灵石水文资料,连续两年所做的丰年预测都应验了。

依据灵石雍熙碑所作的"枯水兆丰年"预测,本质上是个概率论问题,例外也就在所难免。不过,龙为霖对重庆知府李厚望提出"修其政以俟天"的忠告,也反映了人们对自然规律的认识,已经摆脱了盲目顺从天命的阶段,"反求诸己",以做好自己的事来应对自然与社会变化的境界。

这样的意识,在当年的史志语言中体现得尤其鲜明。在叙述了雍熙碑记载丰歉皆有的事实后,王尔鉴以三字经形式总结道:"丰年碑,溯汉唐……出则丰,出亦凶,顽哉石,讵关农。官与民,卜丰啬,勿验碑,在修德。"(乾隆年间《巴县志·丰年碑铭》)

又说:"今后但遇此石出见,守兹土者不可因此而弛备荒之政,居此土者亦不可恃此而有奢靡之为也。"(乾隆年间《巴县志·丰年碑铭》)

身为知县,王尔鉴很清醒,他要求破除迷信,不要把丰收的希望寄托在"灵石"的预测上,也不能把歉收的责任完全推给老天爷。

第二章
赵云中军帐与朝天门灵石

无论官员还是百姓,重在修德,做好人类自己的事!

让雍熙碑灵石还原水文资料本来的价值,实际上一直是重庆人坚守的传统。我小时候虽然没能看见朝天门记录枯水的灵石,却对记录洪水的题刻印象深刻。在朝天门码头嘉陵江一侧的岩岸和石梯上即人们俗称的磨儿石码头上方,至今保留有不少水文记录题刻。多数是新中国建立后刻上的,其中有些洪水年份我也亲身经历过。

1968年夏天,重庆遭遇五十年一遇的洪水,长江、嘉陵江比冬季增宽了好几倍。江水裹挟着大量泥沙,变成了红褐色,重庆市民将其称为"发沙水"。全城沿江一线不少仓库和民房被淹,一些市民被洪水冲走。

我叔父一家就住在临江门江边,竹木吊脚楼也进了水。其时叔父为工程兵长年在外,家里只有婶子和十一岁的堂妹,堂妹跑来向我母亲求助。母亲便叫我哥哥和我前去帮他们搬家,把衣服被褥、锅碗瓢盆、木凳水桶一类往高于水位的石梯上搬,等待洪水退去,把房屋打扫干净再搬回去。

十三年后的1981年夏季,重庆再次遭遇大洪水。朝天门码头刻石记录的7月16日最高水位达到193.38米(海拔高程),超过1968年的187米,是1905年以来的最高水位,堪称百年一遇了。其时我在一家建筑公司工作,公司承建的一项工程正是朝天门缆车道桥墩和轨道斜桥施工。设计是将原位于长江一侧的缆车移到嘉陵江一侧重建,上站台为朝天门公交车站,下站台便是磨儿石过江轮渡码头。洪水来临时,位于江边的建材仓库和预制件工场受到威胁,我与工友们一道冒雨把木材用铁丝扎牢固定,又赶在水位上涨之前把水泥搬到更高的地段遮蔽起来。

在我的记忆中,这次洪水虽然更大更猛,但抢险进行得井然有序,江边的居民也不见慌乱。事后我把亲历的抗洪过程记录下来,作为职工业余大学写作课的作业,标题就叫《7月16日,洪水》。没想到第二天上课,那篇作文意外地得到任课老师点评,说写得虽然简单,缺少想象,但真实可信。这位老师姓陈,曾是一位诗人和语文老师,我至今仍记得他的名字——野谷。

那个年代,社会正兴起文学热和读书热。我就读的重庆市职工业余大学,那时还没有自己的校舍,利用一所小学的教室,在夜晚和星期日上课,设施也很简陋。同学则来自各行各业,有的还拖家带口,白天上班,夜晚上课,做家庭作业还得熬更守夜。累,却也充实,还充满了希望与向往。

而那以后,中国社会发展如滚滚洪流,声势愈加浩大,这座城市的前进步伐愈加坚定稳固。朝天门的身姿与面貌也日益挺拔、美丽,就连夏天应时而至的洪水,似乎也不再狰狞,还成为游人争睹的胜景奇观。

不久前,偶然翻到那篇跟小学生作文一样稚嫩而真实的"习作",不禁哑然失笑,却也庆幸自己见证了那两场被历史所记录的洪水。想起朝天门灵石与"枯水兆丰年"的传说,便对两百多年前重庆先贤龙为霖、王尔鉴关于雍熙碑的分析与忠告"勿验碑,在修德"更多了些理解。无论什么时代,必须崇尚理性,尊重自然规律,避免社会动荡,丰收才有希望。这正是朝天门留给人们最重要的启示,也是朝天门作为城市原点与第一窗口的真正价值所在。

第三章 李严城大城与东水门往事

重庆长江东水门大桥

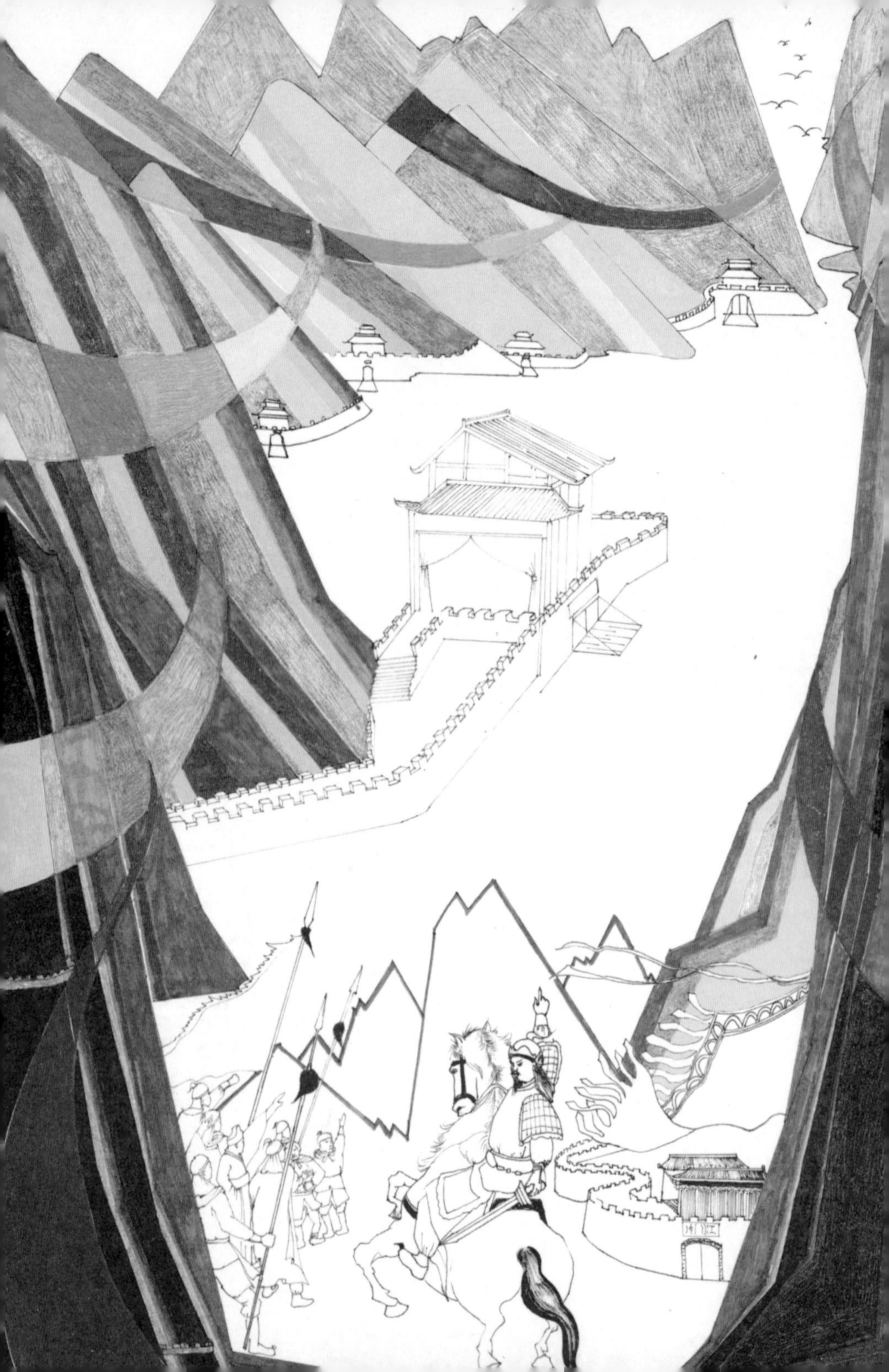

东水门

前章说到江州作为蜀汉朝廷的战略要地，历来皆派名将镇守。而在天下大局未定，战争持续之时，重筑江州城也就成为势之必然。这便是第二次筑城的历史背景。《华阳国志·刘后主志》记载："建兴四年，永安都护李严还督江州，城巴郡大城……是岁，魏文帝崩，明帝立。"

这是说，蜀后主建兴四年（226），也就是魏文帝曹丕去世那年，蜀汉永安（今重庆奉节）都护李严被朝廷调到江州，李严修筑了巴郡郡治江州大城。"城大城"就是修筑更大的城门城墙，第一个"城"字是动词。

之所以叫做"大城"，显然是跟战国时期"仪城江州"相比较，城市规模有所扩大。大到什么程度？《华阳国志·巴志》有数字记录："李严更城大城，周回十六里。"周回就是边长合计。如果以平原城市的四方布局来换算，大约为每边长一千六百米的一座城。重庆是山城，依山就势崎岖起伏的城墙围起来的面积没有那么大，但在汉末三国时代，这样的城市规模已然可称"大城"。

与战国时代秦相张仪筑江州城一样，能够担负"城大城"使命者，必然也是一代能臣。为什么是李严？让我们回溯一下李严与刘备的故事，便可知晓。

李严是南阳人，因诸葛亮曾在南阳隐居耕读，算是诸葛亮的半个同乡。不过之前两人并无交道，诸葛亮成为刘备的军师时，李严在益州从军，为益州牧刘璋的将领。汉建安十八年（213），刘备与诸葛亮进军益州，李严率众归降，成为刘备的部将。刘备取得益州统治权后，任命李严为犍为郡太守。

第三章
李严城大城与东水门往事

李严治理犍为政绩颇为突出，譬如清除匪患，平定叛乱，确保一方平安。建安二十三年（218），盗贼马秦、高胜发动叛乱，率数万乱匪攻打劫掠资中县城。其时刘备和诸葛亮远在汉中，无法调兵。李严率仅有的五千名士兵前往资中，斩杀了贼首马秦、高胜，一举平定叛乱。其后，越嶲（今四川凉山越西）夷人首领高定率众围攻新道县（今四川荥经），李严也率军救援，将夷人武装击溃驱逐。李严的战功得到蜀汉朝廷褒奖——"严驰往赴救，贼皆破走，加辅汉将军，领郡如故"（《三国志·蜀书十·刘彭廖李刘魏杨传》）。

而李严治犍为最令人称道的，是关系民生的水利及道路设施建设。《华阳国志》《水经注》等记载，李严任上曾主持重修蒲江大堰消除水患，凿通天社山，使之成为便利通道。还整修城楼，筑沿江大道，将犍为郡城建成蜀中胜景。

李严的治政在当时即已获得广泛赞誉，认为其作为不仅让"吏民悦之"，也超过他的前任。原先的犍为郡，"其太守，汉兴以来，鲜有显者"（《华阳国志·蜀志》）。即是说，四百年来的执政官都没有留下令人称道的政绩，李严开了好头。

回到江州的话题。白帝托孤的故事，除了刘备和诸葛亮两个主角，另一个不可忽视的人物便是李严。

刘备伐吴失败，接着病重受困于永安，在白帝城交代后事，特地把李严也召来，擢升其担任朝廷尚书令，相当于副丞相兼内阁秘书长，让他与诸葛亮一道辅佐后主刘禅。史籍记载的是，"先主病笃，托孤于丞相亮，尚书令李严为副"（《三国志·蜀书二·先主传》）。

托孤之后，李严受诸葛亮举荐担任中都护，统掌内外军事并留镇蜀汉东大门永安。三年之后，李严改任前将军领江州都督，上任伊始便开始修筑江州城，把张仪时代所筑旧城规模扩大了许多。有学者考证，李严所筑江州大城，南界起自今渝中区朝天门至南纪门沿江一线，北界约为新华路、人民公园、较场口一线，既利用了渝中半岛的两江天堑，又有山脊线制高点屏障，筑起便于防守的坚固城市。这是名副其实的"山城"了，人们不得不佩服李严筑城的军事眼光。

此后的事更进一步，李严向朝廷上奏，在江州城西边，今鹅岭山下开凿运河，把长江和嘉陵江连接起来，使江州城由半岛变成"全岛"，实现真正的"环江为池"，以巩固防御，保证城市的绝对安全。史籍记载的是：

> 都护李严更城大城，周回十六里。欲穿城后山，自汶江通水入巴江，使城为州。求以五郡置巴州。丞相诸葛亮不许。亮将北征，召严汉中，故穿山不遂，然造苍龙、白虎门。
>
> ——（晋）常璩《华阳国志·巴志》

这里所说的"城后山"便是鹅岭。那时还没有"鹅岭"这个名，乾隆年间《巴县志》里叫做鹅项颈。顾名思义，鹅颈细长，这是半岛最窄处，其山下地势相对较低，要开凿运河只能在这里，即今牛角沱至菜园坝一线。江州都督的军事眼光，升级到了战略视野。

这无疑是个超大型工程了，远远超过他在犍为郡修蒲江堰、凿

天社山的规模。"凿天社山"是为了便利通行，只需挖掘一条隧道。而"穿城后山，自汶江通水入巴江，使城为州"，是要把整座山切开成运河，其难度堪与"愚公移山"相比。在当时的生产力条件下，李严即使举全州之力恐怕也难以实现，因而不能不向上奏报，希望得到朝廷的财力物力支持。

不仅如此，李严还在奏疏中提出建议，对蜀国东部的行政区划做出调整，将巴郡（今重庆主城到丰都、忠县一带）、巴东郡（今渝东北一带）、巴西郡（今阆中南充地区）、宕渠郡（今渠县梁平一带）、涪陵郡（今渝东南一带）合并成为一个地区——巴州。这样改变行政区划的举措，类似于"跑马圈地"，难免让人怀疑其动机。结果是，"丞相诸葛亮不许。亮将北征，召严汉中。故穿山不逮，然造苍龙、白虎门"（《华阳国志·巴志》）。

诸葛亮否决李严凿山造岛、五郡升州的规划，是否失之武断？是否出于对李严与朝廷争权，以至想搞独立王国的怀疑和制止？千百年来成为史学界争论的一个话题。有学者进而认为，这件事体现了诸葛亮"宰相肚里不能撑船"，甚至有嫉贤妒能的人格缺陷。

不过，综合相关史料分析及后来诸葛亮与李严的作为来看，那本是两位朝廷重臣所站角度不同而产生的正常工作争论。李严为前将军领江州都督，考虑的是一方国土的军事防御和经济建设；诸葛亮身为丞相执掌国政，谋划的是国家命运和天下大局。此一时彼一时，抽离了历史条件，便无法论对错。

而我在读到《华阳国志》这一段时，头脑里忽然闪过李白的诗句，"今人不见古时月，今月曾经照古人"，禁不住感叹出声。

1997年3月14日，全国人民代表大会以2403票赞成，148票反对，133票弃权，36人未按键的表决结果通过议案，将重庆及川东北万县地区和川东南涪陵地区、黔江地区从四川省剥离出来，成立直辖市重庆。此后的重庆即原来的川东地区实现了快速发展，经济总量由1997年的1750亿元扩张到2019年的23600亿元，22年间增长了12倍。

巧合的是，今天的重庆市所辖区域，与三国时李严向蜀汉朝廷上奏的"五郡升州"建议，除巴西郡外，大部分地域重合。而当代关于重庆是否有必要建直辖市，也曾经历长期争论，出现过"三峡省"筹备与撤销的波折，让人联想到"诸葛亮不许"的典故。

历史活剧穿越近一千八百年，又出现了惊人"雷同"，其因何在？

回溯一下巴国史便可知道，李严所指的蜀汉五郡，在先秦时期皆为巴国属地，即所谓"东自鱼复，西至僰道，北接汉中，南极黔涪"之大部地区，以至在晋代成书的地方志里，也把该地列为统一的地理单元叙述，"巴国，凡分为五郡，二十三县"（《华阳国志·巴志》）。

巴国与蜀国虽然都在古梁州境，同处四川盆地，但其一东一西在地理形态、经济类型上却有很大不同。西边蜀境"天府之国"，土地平旷，物产丰饶，视野开阔，生活富足，居民性情平和、智慧聪颖，司马相如、扬雄皆以文采留名青史。而东边巴地多为山区，山势狰狞，土地瘠薄，出行艰难，求生不易，故而民风剽悍、刚毅勇猛，巴蔓子、范目（助刘邦兴汉的賨人首领）俱以武功为人称道。

第三章
李严城大城与东水门往事

所谓"蜀出相，巴出将"，古来有因。

巴地的经济类型和民情风俗原本与蜀境不同，将巴地统一为一个行政单元，以有别于川西平原的方式来治理可能更加有效。李严筑江州城，收五郡为巴州的规划，其根据便在于此。如此看来，李严的视野或许更有历史纵深感。

只不过李严的规划过于超前，似乎与其时代给予的条件难以相适。当年的蜀汉偏居西南，虽与魏、吴三足鼎立，但其地域却比那两国都小，最大时也不过两个州——益州、荆州，加上滇黔化外之地，共二十六郡百余个县。荆州被东吴夺走后，就只有一个益州。因故，蜀汉朝廷建立后便不再设州，只有郡、县二级。而益州在汉代本来就包括巴、蜀及汉中，巴地五郡如果合并升州，势必形成与原益州并立之势，朝廷恐难以驾驭。这或许也是诸葛亮否决李严"五郡升州"之议的背景因素吧！

时移势易，近一千八百年后，与"五郡升州"类似的重庆直辖终得以实现。当代重庆人还在牛角沱与菜园坝之间，开凿了向阳隧道和八一隧道，以最短的道路使两地相连，减少了绕行。其线路恰好与当年李严在江州"穿城后山"的构想类似，或许也可告慰当年的李都督了，今月亦曾照江州。

其实，李将军也大可不必为当年的失意纠结于心，至少今天的重庆人对这位江州都督，也是给予了肯定评价的，认为其开创了重庆城市建设史上的新纪元。其表征之一，便是李严筑江州城，首次留下了两座有名可考的城门——苍龙门、白虎门。

两道古城门的具体位置在哪里？因年代久远而难以考证。当代学者、川大教授任乃强在《华阳国志校补图注》里说，苍龙门即今朝天门，白虎门即今通远门，并认为李严所筑江州城已大如明清的重庆城。也有学者认为，从城门名称来看，"苍龙""白虎"，正符合汉代以来流行的四象、五行观念。苍龙，亦称青龙，在"四象"中是代表东方的神兽，其他三象分别为南朱雀、西白虎、北玄武。在城市高处面对长江向南而立，左青龙，右白虎，恰好把一东一西两道城门的位置标示出来。苍龙门大致在今天的东水门位置，白虎门则与南纪门位置相当。

东水门位于渝中半岛东端，北接朝天门，南连太平门，背倚金碧山，隔长江与南岸的涂山对望，形成两山夹大江之势，地理位置十分突出。今天的东水门城墙，是在原有城址基础上于明代重建的，已无法寻觅三国时代苍龙门的遗踪。不过，其作为城市最早的居民街区、水运码头、通商口岸和防御体系功能，几千年来都一脉相承。

迨至 20 世纪 80 年代，东水门还保有最具代表性的川东吊脚楼建筑群。城墙上下，依山而建的木结构吊脚楼重叠耸峙，临江听涛，成为山城一景。城门内的大河顺城街人口密集，百业兴旺，三教九流无所不有。崖壁上千百年来历代凿刻的菩萨像和大禹像，香火不熄，寄托着人们的平安愿望。与城门一街之隔的清代建筑湖广会馆禹王宫，即是各省移民对重庆民间信仰的继承弘扬。

如前所述，早在上古时代，大禹治水过江州，留下娶涂山氏女，"生子启，呱呱啼，不及视。三过其门而不入室，务在救时"的故事，记载在《史记》《华阳国志》等史籍里。大禹崇拜的实质，则是重庆人对养育自己的两条大江既亲切又敬畏的情感升华。

第三章
李严城大城与东水门往事

东水门过去是有城楼的。历史照片中的东水门城楼凌空蹈虚，飞檐高翘。登高望远，南山石壁上"涂山"二字十分醒目，仿佛时刻提醒着人们铭记先贤的抱负与作为，与大江同行，奔向远方与未来。

事实上很多巴蜀志士正是从这里出发，乘船登舟顺江而下，冲出夔门，在更广阔的天地实现人生抱负的。1919年11月，青年聂荣臻与三十五名同学一道，穿过东水门乘船远行，赴法勤工俭学，寻求救国护民之路。1920年8月27日，十六岁的邓小平与八十三名留法勤工俭学青年一起，穿过城门在江边码头登上"吉庆"轮驶往上海，转乘海轮前往欧洲，从此开启伟大的人生旅程。

早些时候，"巴县世家"出身的邹容，也从这里登船去往东洋日本，在同盟会的旗帜下开展反清革命活动，成为"革命军中马前卒"。

更早的先行者，是两千年前的巴郡人。汉谏议大夫谯君黄、司隶校尉陈纪山、扬州刺史严王思、徐州刺史严羽，都是从江州走出去的。前二人在洛阳朝廷为官，以严明正直、拒绝权臣拉拢诋诈、宁输脑袋不输忠诚的典型巴人性格为人称道。后二者是父子，更以"惠爱在民、清廉自持"，被江南和巴地百姓长久赞颂。

严王思由西汉朝廷派到江南，出任扬州刺史。严王思在任上做了很多实事，让扬州从一个远离中原的"化外之地"变成了富庶礼仪之邦，而自己则两袖清风，届满离任时只有一驾马车相送。扬州百姓知道后，全城出动挽留并呈上万民折，致使朝廷重颁诏令，让严王思再任一届扬州刺史。孰料第二任期届满，扬州百姓再次上街挽留，朝廷也再次下诏留任。如此再三，前后十八年，直到其猝死于任上。

严王思去世后，扬州百姓自发聚集到州府悼念。一位老者说："严刺史为我们做了那么多好事，自己却没有一点积蓄。我们都捐点钱，来赡养严老夫人吧。"全城百姓积极响应，捐款多达一百万钱。

严王思长子严羽，时任徐州刺史，赶到扬州为父办完丧事后，谢绝捐款，辞去官职，带母亲回故乡侍奉终老。

由于捐款没有登记，严家不受，如何处理便成了问题。扬州府最后用那些钱买了食物，摆在路边让穷人和旅客免费取食。

严王思的事迹也感动了故乡人民，时任巴郡太守的应季先写了首诗，很快成为巴地民谣广为传诵："乘彼西汉，潭潭其渊。君子恺悌，作民二亲。没世遗爱，式镜后人。"（《华阳国志·巴志》）翻译过来，大约如下：

西汉水厚德载物，好似先生惠民深情。
真君子亲民爱民，百姓把他视若父母。
严大人仁爱风范，传诸后世光照千秋。

西汉水即嘉陵江，为汉代旧称，其后又名巴涪水、渝水。严王思治扬州，也让江南百姓对巴渝山水生出无尽的向往与怀念。

历史上曾有"蜀人出川，北人入川，皆可以有大作为"的名言，东水门是其无声的见证者。东水门除防御敌人侵犯，保护百姓安全之外，其更显著的功能，或许正是打开城门包容天下，让重庆人走

第三章
李严城大城与东水门往事

向更广阔的世界，创造更辉煌的人生。

在十七道城门中，东水门的设计也独具匠心，城门不是正向面对长江，而是与江流平行，向北而开。城墙顺山崖铺陈，陡直高峻。直抵长江岸滩的石梯，一边砌了护栏，另一边完全倚靠巨大的岩石，坚固耐久。在连接朝天门与菜园坝的长江滨江路建成以前，东水门城门洞外的石梯有一百多级，夏秋之际，下面的梯级会被江水淹没。冬春季节江水退去，石梯到江边露出几十米宽的河滩。河滩上铺满大大小小的鹅卵石，鹅卵石之外还有细柔的沙滩，缓缓潜入江中。鹅卵石滩和沙滩从东水门往北延伸过去，便与翠微门河滩和朝天门沙嘴连成一片，形成宽阔、平缓的河滩地。翠微门在重庆"九开八闭十七门"中是一道闭门，很早就消失了，只留下一个地名，其下的河滩曾以绸缎市场著称。

早些时候，上行的木船沿江岸而行，拉船的纤夫也走过这片河滩。数十名纤夫，肩背粗陋的布褡，布褡下端系着竹篾绞成的纤绳，纤绳尾端是一只铁挂钩。挂钩人手一只，所有的挂钩最后都挂上手臂一般粗细的纤缆，前后相继，形成合力，牵引大船搏浪前行。纤夫们躬身前行时，口里喘出粗气和叹息，与脚步一道合成统一的节奏和韵律。赤脚踩出的沙窝深浅不一，却排列有序，让人产生无限遐思，一时却又说不出来到底像什么。那情景正是我在朝天门至东水门的河滩上看见的，其时我不到十岁，但童年的记忆和遐思深入心灵，一辈子没有磨灭。

多年以后，当听到由老船工陈邦贵、吴秀兰、曹光裕等人演唱的川江号子歌曲，我的童年记忆一下被勾起。猛然惊觉，原来那东水门河边沙滩上，由纤夫们踩出的脚窝印痕，正是五线谱上那一个个记录原始音乐的音符啊！符头、符杆、符尾俱在，分别对应的便是纤夫们的脚后跟、脚掌沿、脚趾头。它们记录的乃是人世间最自然、最真实、最深刻的音乐。

洪水季节之外的多数时候，这片河滩也是最便利的农贸市场。木船从乡下驶来，把竹箩筐装的稻米、苞谷、白菜、南瓜，还有蚕茧、苎麻、土布、桐油，卸到河滩上。城里商贩与农家就地论价，买下后让挑夫亦即后来的棒棒挑上，走过河滩登上石梯，穿过城门洞，运到城里街市插标销售，便完成一轮交易。

也有居民成群结队来到河滩，直接上船向农家买菜。我就曾跟着我姐姐来这里买过白菜和红苕，比城里菜市便宜许多。做成那样的直接交易，我姐姐和农家都很开心。

多年以后回想起来，童年时候看见的景象，或许正是巴人建都江州以来人们的生活常态。朝天门和东水门因此才形成江州最初的街巷，进而成为后来的"母城"。很多仅属于巴地的原生名词，也源自这片河滩和码头，譬如毛肚火锅和羊儿客。前者不用多说，早已遍布全国走向世界；后者则专指千百年来活跃在码头，却又不能列入正当职业、半诚实半欺诈的生意中介、带路客者流。他们赖以生存的环境条件，正是这城门内外爬坡上坎，曲里拐弯，让外地人难辨西东的梯坎和道路。

说到东水门留给我最深的记忆，还是无忧无虑的快乐和人生的领悟。

小时候，我和邻居伙伴常来这河滩玩耍，修过"地道""碉堡"，

第三章
李严城大城与东水门往事

还挖坑埋过"鬼子"。我们以"石头、剪子、布"或"斗鸡"定输赢,谁输了谁就是"鬼子"。最开心的玩法当然还是游泳,东水门外河滩往上游方向的望龙门、太平门、储奇门一带便是我们的天然游泳池。

在长江游泳与嘉陵江的感觉有很大不同。嘉陵江水多数时候平缓柔和,适合初学者,而长江水流湍急漩涡多,可以锻炼水性和胆量。诸如放滩、吊舵、乘浪、斗急水、冲漩涡,都是对水性和胆量的挑战;否则被激流冲到朝天门夹马水,便是九死一生。因此,"小河淹死旱鸭子,大河淹死会水人"便成为整个20世纪流行于重庆城的一句警语。每到夏天,老师和家长都格外紧张,不断重述这句警语,警告孩子们不得下河。孩子们玩水的天性却难以禁锢,我们仍然偷偷下河,上岸后故意跑出一身汗,再抓把沙土往手臂和脚上抹,违反禁令的痕迹就看不出来了。

帮助老师和家长阻止中小学生下河的还有警察。警察经验丰富,不容被人欺瞒。你在水里玩得正开心,突然看见白色的警服和威武的大盖帽出现在河边,已经晚了。那时你只能乖乖上岸,顶着烈日整齐列队,学习安全规定。我们这群孩子把那称作上政治课,是从电影《平原游击队》学来的。电影里有个情节:游击队长李向阳在县城酒馆抓住两个小汉奸,让老侯向他们训话,就叫"上政治课"。小孩子不喜欢上政治课,趁警察不注意,像鸭子般跳进水里逃跑。警察也不追,举起话筒喊:"逮到!"便有江边趸船上的水手挺身而出,拿篙竿伸向江里阻拦。篙竿为竹制,结实,一头镶了粗大的铁尖头,铁尖头腰身还锻出一截弯钩,方便接船缆。我们都

063

害怕那铁尖头和弯钩，于是踩着水举手投降。

水手给予逃跑者的教训更严厉些，譬如把调皮孩子押到趸船甲板上罚站一分钟。甲板早被晒成了烙铁，在江里偶尔捉到条小鱼，贴上甲板很快就可以吃。光脚站上甲板，立即喊烫，必须左右轮换快速跳动。我们称之为"车水忙"，这是取当时流行的电影歌曲来形容。没有人能够把"车水忙"一曲跳完，那样的教训便很深刻。

更深刻的教训还在后面。

那天正在望龙门河边游泳，警察一来，玩水的孩子都四散奔逃，我们这一伙却没能逃掉。不是上岸动作比别的孩子慢，而是警察的手法更厉害。警察有两个，一个青年警员由一位中年女警官带着，径直走到我们的衣服堆前，一把抱了往高坡上走。我们只能乖乖认错告饶。

待所有人都上了岸，青年警察把我们的衣服抱住，女警官则命令道："各人穿上鞋子，跟我走！"

"衣服呢？"那时我们都光着身子，便怯怯地问。语气亲切而讨好，不敢高声，全是乖顺听话的样子。

"衣服不会丢，到时候会让你们穿。"女警官说过便不再理我们，头也不回地往前走。从望龙门到东水门，经过的全是河滩，乱七八糟的卵石和废渣不时把我们的脚硌痛挂伤，也顾不得了，大步跟上生怕掉了队。

东水门河滩往上就是那一坡石阶梯和古城门洞。往日游泳结束回家，走到城门洞下都会坐一会儿吹河风乘凉，很是惬意。那天却不再向往吹河风，都晓得从石梯上去走过城门洞就是顺城街了，街

第三章
李严城大城与东水门往事

两边都是住家户。而我们这一伙，除了邻居哥哥李百福穿着游泳裤外，所有的人都赤裸着身子。李百福是中学生，其他人多为小学生。虽然小，到底是学生，老师早就教过守纪律讲礼貌的，如此光着身子，还怎么讲礼貌？所以都怕过那城门洞，心里竟期盼着女警官立即给我们"上政治课"，上课之前，总会发还衣服。虔诚恭敬的神情，仿佛个个都成了好学生。

两位警官抱着我们的衣服登上那一百多级石梯后，并没有要停下来的意思，而是昂首穿过城门洞继续往上走，也不回头看一下。我们全都慌了神，几个大点的孩子便追上去讨要衣服。讨不到，便乱成一团闹哄哄的不肯走。

女警官反身过来严肃地下命令："都站好，站成一行跟我走，不准闹。"我们便闭了口，站成行，推李百福站到第一个，都看着他的红色游泳裤走。邻居孩子中，最小的只有五岁，排在队伍最后像一条小小的尾巴，不时探头往前看，还嘻嘻地笑。其他人也忍不住笑，便惹了城墙上居民站出来看稀奇。有半大不小的姑娘也看见了，哇哇地尖声叫出来。孩子们慌忙用双手捂住下体，收紧屁股低下头默默走路，再不敢嬉闹，就像一群打了败仗的俘虏。

一群调皮孩子裸身走过大河顺城街古城墙、东水门正街石梯坎，穿过有公共汽车行驶的公路，最终来到第一人民医院旁的望龙门派出所。一路上都是众目睽睽，被观者便如一群剃掉毛的猴子，丑陋至极。狼狈和慌乱之中，我捂在前面的双手下意识地用了力，却并没有使我把命根遮掩得更严，只是陡然增加了疼痛而已。不由自主嘘出声之后，心里的羞怯反倒减轻了些。既然已经彻底曝光，

065

干脆挺起胸脯，硬着头皮，目不斜视地随队伍走过去。

之后的安全教育，值班警官究竟说了些什么，我们没有记住一句。实际上也不需要了，每个人都懂得了失去颜面的羞耻。穿上衣服走出派出所，大家重又精神起来，回到住家的小巷都争着讲那故事，当成一次"艳遇"。

后来，过去的邻居相聚叙旧，我跟邻居哥哥李百福说起这事，他竟有些茫然，说仿佛有那回事。我提醒他，那时我们一伙人都是光屁股，只有他穿了条红色游泳裤。这样一说，李百福的记忆才清晰起来。他拍拍脑袋说："人穿上衣服有了体面就容易忘掉耻辱，幸好东水门还在，会提醒人自我警醒。"

的确，东水门还在。对于这道曾经见证了城市千百年发展变化，保护过人们生命和体面的城门，重庆人始终心存感念。自20世纪20年代开始的多次扩城行动和交通建设，都绕开了它，不忍拆迁。2013年，国务院公布东水门段城门及城墙为第七批全国重点文物保护单位。其后建成通车的跨江大桥也以它的名字命名，叫了"东水门长江大桥"。

第四章

彭大雅之城与余玠帅府

通远门城墙古战场群雕

通远门

峨眉山月

自巴国建都江州以来，巴地之名经历了多次演变，以至巴史学者不得不费不少精力来做说明。现在，我也假以学者的风范，顺便做下普及。

历史上，重庆地区的名称以起始年算起，主要有：江州（上古）、巴国（西周）、巴郡（公元前316年战国秦）、楚州（550年南梁）、巴州（553年西魏、557年北周）、渝州（583年隋）、恭州（1102年北宋）、重庆府（1189年南宋）、川南道重庆路（1278年元）、重庆都（1361年大夏）、川东道重庆府（1371年明）、巴县重庆城（1913年民国）、重庆市（1929年民国）。而作为国都、郡治、州治、府城、道台、县治的城市，除汉末短期设在北府城（今江北城）外，绝大多数时间都在江州——重庆城，即今天的渝中半岛。

在这系列名称的演变过程中，宋代是一个关键节点。自南宋淳熙十六年（1189），宋光宗赵惇为纪念自己先封王后登基的"双重喜庆"，将曾经的封地恭州升格为重庆府，迄今"重庆"得名已有830多年，是除江州外使用时间最长的城名。巴国都城和巴郡郡治也叫江州，其余城名都很短暂，就连当代重庆人十分喜爱的简称"渝州"，也只在隋唐至北宋年间叫了519年。

重庆人喜欢把这座城市叫做"渝州"，除了沿用嘉陵江古名渝水外，或许还与使用其名的多数时候国泰民安的记忆相关，譬如唐代贞观、开元年间都称盛世。

其实"渝州"之名不只重庆人自己喜爱，唐宋年间很多旅行家和诗人也喜欢这名字。李白、杜甫、刘禹锡、李商隐、白居易、苏轼等名流，都曾来此并留下咏"渝州"诗。试录几首共赏：

第四章
彭大雅之城与余玠帅府

峨眉山月半轮秋，影入平羌江水流。
夜发清溪向三峡，思君不见下渝州。

——（唐）李白《峨眉山月歌》

闻道乘骢发，沙边待至今。不知云雨散，虚费短长吟。
山带乌蛮阔，江连白帝深。船经一柱观，留眼共登临。

——（唐）杜甫《渝州候严六侍御不到先下峡》

曾闻五月到渝州，水拍长亭砌下流。
惟有梦魂长缭绕，共论唐史更绸缪。
舟轻故国岁时改，霜落寒江波浪收。
归梦不成冬夜永，厌闻船上报更筹。

——（宋）苏轼《渝州寄王道矩》

有趣的是，几首诗似乎不约而同，都借"渝州"之名，表达了对真挚友情的思念和对巴渝山水的赞叹。苏东坡追忆故乡老友王道矩的诗句尤其动人，两人或曾相约夏天在渝州共论唐史，而自己赶到渝州时已在冬季，只好在梦中相见了。

继苏东坡之后，诗人范成大到渝州时，这里已有了新的名称——恭州，而他仍对曾经的渝州风物念念不忘：

苹山硗确强田畴，村落熙然粟豆秋。
翠竹江村非锦里，青溪夜月已渝州。

小楼高下依盘石，弱缆东南战急流。

入峡初程风物异，布裙跣妇总垂瘤。

——（宋）范成大《恭州夜泊》

　　苏东坡生在北宋，范成大是南宋人，两人的诗作恰好见证了这座城市北宋至南宋间的社会变迁，包括城市名的改变。

　　渝州之名被废，发生在北宋后期徽宗年间，其缘由也有一个故事。

　　南平僚是宋代渝州南部今綦江、南川一带的少数民族，有个首领名叫赵谂，到朝廷做了官。赵谂原本不姓赵，因带领族人归附朝廷，被赐以皇家姓，还被授予国子博士职衔，僚人将其引为荣耀。但赵谂天性自由、直率，看不惯朝中官员结党营私、阿谀奉迎的做派，说话议政毫无顾忌，曾在同僚间说应该诛除皇帝身边的奸党小人。崇宁元年（1102）二月，赵谂回乡省亲期间，他的朝廷同事串通太监借机诬告，说他说话狂妄，对上不敬，攻击朝廷，意图谋反。宋徽宗不加辨查，即令渝州府以谋逆罪捉拿赵谂予以诛杀。

　　杀了赵谂，宋徽宗仍不放心，还要清除其思想流毒。他认为渝州的"渝"字含有悖逆之义，寓意不祥，于是下诏把渝州更名为恭州，强调地方对朝廷必须恭顺。这更名的理由似乎有点滑稽。范成大在题为"恭州"的诗中嵌入对"渝州"的怀念，其表达的意思也颇耐人寻味。

　　事实上恭州之名只用了八十七年，便被"重庆"取代，更名者是宋徽宗赵佶的曾孙光宗赵惇。看来这位曾孙对曾祖并不那么恭顺。

第四章
彭大雅之城与余玠帅府

而这次更名，重庆人接受了，一用就是八百多年。前有渝州之"悖逆"，后有重庆之"厚重"，比较之下，中间那个"恭顺之州"就显得有点轻飘飘的了。

重庆的厚重是经历过考验的，从其得名开始，考验就接踵而至。最先代表这座城市接受考验的，是驻守重庆的几位将军和在朝廷的重庆籍文臣。

宋代成为重庆城市发展史上的关键节点之一，还有个重要因素是在此期间进行了第三次筑城，实施者为彭大雅。其时，这地方已经叫了新名重庆，彭大雅所筑的便是重庆城。

彭大雅筑城是一次应急之举，很大程度上是不得已而为之。

1234年，蒙古人灭掉金国统一了中国北方，接着开始对南宋用兵。宋理宗嘉熙三年（1239），蒙古军队沿袭历史上秦灭巴蜀进而借地势之利，顺江东下进军灭楚的策略，大举侵袭四川。形势陡变，天府之国全面告急。为挽救西南危局，朝廷必须任用一个能干的人，以重庆为依托构筑抵抗蒙古铁骑的防御战线。"天将降大任于是人也"，这人为谁？朝廷选择了彭大雅，任命他为四川安抚制置副史兼知重庆府，相当于副省长、军区副司令兼重庆市长。

彭大雅，字子文，饶州鄱阳（今江西鄱阳）人，南宋嘉定七年（1214）进士。与上次筑巴郡大城的将军李严不同，彭大雅是个文官，在朝廷先为"朝请郎"（汉代称"奉朝请"，相当于国家智库研究员），后做"从事郎"（相当于内阁秘书）。他没有从军经历，也没有在地方的施政经验，一下要他负责一个地区的军事防御，而且面临空前危局。毫无疑问，当这个官很难。

其时四川北部已被蒙军占领，川东、川南也很危急，整个巴蜀地区处于"败局不可收拾"的局面。朝廷让一介书生来执掌巴蜀，是无人可用了，还是病笃乱投医？

有一点，朝廷是看准了的，彭大雅当过外交官，并且对蒙古多有研究。绍定五年（1232），彭大雅作为朝廷随员出使蒙古，其间，他仔细观察，事事留心，注意研究蒙古的历史、地理、官制、法令、物产、风俗以及宫廷现状和军队组织形式。回国后，彭大雅将蒙古见闻整理出来，写成《黑鞑事略》一书，成为南宋军民研究蒙古国情的权威性论著，令朝廷上下刮目相看。

所谓黑鞑即鞑靼，是唐宋时期对蒙古部落的称谓。正因为彭大雅"洞悉鞑情，且周知兵略"，朝廷才将彭大雅从"朝请郎"提拔为"从事郎"，他才得以进入内阁参与对蒙古政策的制定与实施。之后又把整个巴蜀地区的军事防御重任，交给这个文人出身的统帅。

彭大雅临危受命，到任后即着手制定以重庆为中心的防御方略。他提出依托重庆多山，且有两江环抱的地理优势，构筑战略防线的策略，下决心重修自三国蜀汉以来经年失修的重庆城。

其时朝廷自顾不暇，没有分文地方建设拨款，而"蜀地残破"，百姓生活也很艰难，大规模修筑城墙谈何容易？重庆府的官员多不理解，摇头叹息说，现在地方财政本就困难，还要花钱筑城，彭知府这是"不把钱做钱看"啊。与其劳民伤财重新筑城，不如省下点钱顾顾当下，先把眼前的日子过好。

面对多数人的反对，彭大雅坚持自己的主张。他努力说服大家，值此非常时期，蒙军进犯在即，不早点做好御敌准备，哪还有什么

好日子。我们必须从国家大局出发,下定破釜沉舟的决心,大家一齐吃苦,"不把钱做钱看,不把人做人看,无不可筑之理!"(宋·邵桂子《雪舟胜语》)

彭大雅力排众议,动员全城军民参与筑城行动。他自己也"披荆棘,冒矢石",不分昼夜亲自督工,终于在一年以后的嘉熙四年(1240),将新重庆城修筑完毕。之所以在这么短的时间内完成,考古专家据城墙遗址地层分析,认为彭大雅这次筑城,采用的也是就地取土夯筑方法。

据考证,南宋时期的这次筑城,把三国蜀汉江州城扩大了一倍多,远至城西的五福宫山(今渝中区金汤街、兴隆街一带)也被纳入城中。已知的南宋重庆城门达到五座,分别为太平门、薰风门、千厮门、洪崖门、镇西门。其中太平门和薰风门临长江,千厮门和洪崖门靠嘉陵江。镇西门则据城市制高点,可监控两江,学者认为地点大约就在后来的通远门一带。工程完工后,彭大雅为回答当初人们对筑城必要性的质疑,并表示为此负责,特地在四座城门立起记事石碑,上书:"大宋嘉熙庚子,制臣彭大雅城渝,为蜀根本。"(《重庆名人辞典·彭大雅》,四川大学出版社,1992年)

彭大雅这次急行军般的筑城,是"重庆"得名后的首次筑城,在城市发展史上,与"仪城江州"和"李严城巴郡大城",皆具创举之功,进一步奠定了重庆母城的根基。其后七百年间的城市规模,基本仍在此范围内。

此次筑城的直接效果,便是使重庆发挥了"为蜀根本"和"国之西门"之功,强化了四川的整体防御,粉碎了蒙军"顺流而下,直取临安"的战略图谋。在彭大雅卸任重庆知府两年后，四川安抚制置史司，也就是省政府迁到重庆。重庆进而成为巴蜀的政治、经济、军事中心，独立撑起南宋西部抗蒙大本营之重任。宋末元初史学家胡三省这样评说彭大雅筑城："我朝自绍定（宋理宗年号之一）失蜀，彭大雅遂建渝为制府，支持西蜀且四十年，盖亦归功大雅也。"（胡三省《通鉴注》）

遗憾的是，尽管这次筑城为遏制蒙军进犯打下了基础，但主持者彭大雅却仍难逃"做事越多，受谗越多"的厄运。因被人屡进谗言，说他独断专行、取办急迫，朝廷对彭大雅戒心顿起，将其削秩三等、革除功名，贬至赣州（今江西赣州）管制，最后于淳祐五年（1245）忧愤离世。

而彭大雅筑城抗蒙之功，在民众中的影响却不可磨灭，最终还是得到了朝廷的承认。淳祐十二年（1252），宋理宗下诏追录彭大雅修建重庆城之功，为其恢复名誉，"复承议郎，官其子，谥忠烈"。重庆人也将彭大雅视为城市英雄，为他立庙祭祀。2013年，国务院公布通远门及城墙为全国重点文物保护单位，渝中区将此地辟为通远门城墙遗址公园，修建了广场和古战场铜雕。人们在这里休闲娱乐，追忆城市历史的同时，也会缅怀这位"不把钱做钱看"，在城市建设史上创造"重庆速度"的历史人物。

彭大雅遭遇不公被贬黜，显示出皇帝对人才既需要又戒备的一贯心理。不过，对于巴蜀战局与重庆防御体系的重要性，南宋朝廷还是保持了必要的清醒，在彭大雅之后，又派出时任兵部侍郎的一代名将余玠，继任四川制置使兼知重庆府，主持西南地区的抗蒙大

计。宋理宗赵昀的诏令是："余玠任责全蜀，任军行调度，权许便宜施行。"（《宋史·理宗本纪》）

与彭大雅不同，余玠的职务中没有"副"字，也就是责、权、利全面授予，甚至可以临机处置，先斩后奏。前面说到的四川安抚制置史司，亦即省政府和省军区，正是余玠上任时迁到重庆的。重庆正式成为南宋西部抗蒙大本营，时在宋理宗淳祐二年（1242）。

余玠，字义夫，南宋蕲州（今湖北蕲春）人，早年从军，身经百战，曾多次与蒙军交过手，解除了开封、淮北、江南等地危局，被称为常胜将军。他从基层军官起步，一直做到大理寺少卿和兵部侍郎，成为全军的统帅之一。朝廷让他"任责全蜀"，余玠当即立下誓言："愿假十年，手挈四蜀之地还之朝廷。"翻译成白话就是："给我十年时间，我将还国家一个完整的巴蜀。"这样的话语出现在近八百年前，也被当今的国际政治人物效仿，历史有时就这么有趣。

话好说，事却不易做。余玠到任时，外有蒙古大军压境，内有吏治腐败、经济凋敝。其时巴蜀驻军纪律涣散，经常发生与老百姓争抢土地粮食的纠纷，甚至出现杀害无辜百姓的事。一些将领丧失斗志，害怕与蒙军作战，暗地准备投降。前一年，成都就因部将夜开城门投降，制置使陈隆之被俘遇害而陷落。

余玠分析了形势，抓住蒙古大汗窝阔台病亡，各路蒙军统帅争夺汗位，无暇顾及巴蜀战事之机，调整防御部署，转向内部治理。制定轻徭薄赋政策，减轻百姓负担，又带领士兵开荒屯田，鼓励农户兴修水利，扩大粮食、桑麻种植面积，初步扭转经济凋敝局面。

待社会相对安定之后，余玠即着手整顿吏治，裁减冗员，首先令制置使府署做到精简勤政。接着制定措施奖勤罚懒，实行有功必奖，有过必罚，对不称职的官吏，果断革职除名，很快扭转了贪政、懒政现象。

在此基础上，余玠着手整顿军纪，惩治一批欺压百姓的军官。利州（今四川广元）都统制王夔，为人性情刁蛮，一向专横跋扈，作恶害民劣迹斑斑，还纵容部下抢掠百姓，致使民怨沸腾，人称"王夜叉"。余玠多次警告无效，果断处置，依军法斩了王夔，利州百姓拍手称快。

为巩固善政基础，余玠打破门阀壁垒，大力延揽人才，专门在帅府附近修建招贤馆，"其供帐一如帅府"（乾隆年间《巴县志·古迹》）。

余玠公开宣布："凡建言人，近者可直接面谈，远者可向州郡建议，所在州县官吏务须礼貌接待，凡有建议获采纳者必予奖赏。"

余玠说到做到，凡有来访，他都接待听取意见：建议可行的，根据本人条件给予任用；建议不妥的，也不怪罪。这样的措施收到了奇效。播州（今贵州遵义）冉琎、冉璞兄弟前来面见余玠，提出"迁徙州城，巩固西蜀"之计。具体建议即在合川钓鱼山筑城，利用临江倚崖地势，形成关隘防御堡垒，以此为中心，构筑连接果州（今四川南充）、蓬州（今四川蓬安）、渠州（今四川渠县）、泸州（今四川泸州）等城的军事体系。这样既可利用巴蜀地形之险，又可发挥步兵守城特长，限制蒙古骑兵优势，达到扬长避短、克敌制胜的目的。

余玠采纳了冉氏兄弟的建议，"卒筑青居、大获、钓鱼、云顶

第四章
彭大雅之城与余玠帅府

凡十余城，皆因山为垒，棋布星分，为诸郡治所，屯后聚粮为必守计"（《宋史·余玠传》）。

冉氏兄弟建议中，军事用途和战略价值最显著者，便是后来令"上帝折鞭"的钓鱼城。

与此同时，余玠对重庆城进行了加固，在其帅府所倚的金碧山上，修建了视野更加开阔，便于瞭望的金碧台，还在城西四十里重修了多功城（俗称翠云寨），以巩固城市防御。

南宋淳祐二年至淳祐十二年间（1242—1252），余玠励精图治，巴蜀全境经济社会发展，百姓深受其惠。在此基础上，余玠制定积极防御战略，率军主动出击，与蒙军交战数十次，大都获胜，以致蒙军长期徘徊在四川以西不得东下。余玠以自己的积极作为和功业实绩，兑现了"十年还朝廷一个完整巴蜀"的承诺。

彭大雅筑重庆城与余玠筑钓鱼城的军事功能，在抗蒙战事中得到淋漓尽致的发挥。

南宋宝祐六年（1258），曾经带兵横扫俄罗斯、波兰、匈牙利、奥地利，继而灭亡阿巴斯王朝，攻陷巴格达和大马士革，令欧亚大陆闻风丧胆，获称"上帝之鞭"的第四任蒙古大汗蒙哥，鉴于西南战事久拖不决，亲率四万大军进攻四川。蒙哥决意从攻占重庆入手解决四川战事，再取巴蜀资源举兵东进，一举征服南宋。

骄傲的蒙哥大汗未曾料到，强大的蒙军竟在钓鱼城下受到顽强阻击，历时半年久攻不克。宝祐七年（1259）七月二十一日，蒙哥被钓鱼城守军炮击重伤，不久死去，成为中国历史上唯一死在战场上的皇帝。失去主帅的蒙古铁骑不得不退回漠北，并停止了对欧洲的征战。钓鱼城保卫战成为扭转欧亚战局的转折之战，史称"上帝折鞭钓鱼城"。

指挥这场战争的南宋将领、兴元都统兼合州（今重庆合川）知州王坚，正是余玠的学生和部下。当年师生二人曾在余玠帅府一道谋划抗蒙大计。蒙哥被击毙时，余玠已于六年前在重庆帅府去世。而王坚对先师预先谋划构筑全川防御体系之功，始终感念不已。巴蜀百姓也为余玠修建了余公祠，树立了遗爱碑，以纪念这位勤政爱民、治军有方的抗蒙统帅。

历史上的余玠帅府即四川安抚制置史司在哪里？史书上没有明确记载，长期以来成为宋元史研究学者寻找的目标，并将注意力集中在重庆"下半城"，即今渝中区朝天门至南纪门沿长江一线。学者们作此判断的依据，便是历次筑城留下的遗迹与史料记录，包括《巴县志》记录的明清各级府衙大致位置。直到20世纪20年代之前，重庆百姓的生活重心都在"下半城"。明清时期的重庆府、川东道、巴县等衙门府署无不集中于此，留存至今的地名道门口、二府衙、巴县衙门等便是明证。

学者们的判断于近年得到了证实。2009年底，渝中区危旧房改造工程太平门—巴县衙门片区拆迁工地，工人们在一间旧厂房内拆卸一座砖土高台时，发现镶嵌在台基上的砖块，刻有内容不明的汉字，猜测可能是历史遗迹，便向文物保护管理所报告。文管所长徐晓渝和副所长胡征立即前往查看，发现那些砖块比普遍使用的建筑砌砖大了不少，其上的文字为阳刻烧铸，稍显模糊。徐晓渝仔细辨认，当看清"淳祐乙巳"几个字时，顿觉眼前一亮，心跳加快。

第四章
彭大雅之城与余玠帅府

他知道"淳祐"是南宋第五位皇帝理宗赵昀的年号，距今已近八百年。

徐晓渝和胡征把两块分别刻有"淳祐乙巳西窑城砖""淳祐乙巳东窑城砖"的砖块送去市考古所鉴定。考古专家立即做出了肯定性回答，认定那正是南宋淳祐年间烧制的城砖，所以尺寸规格比普通房屋砌砖要大很多。而考古所在合川钓鱼城遗址发掘出的文物显示，南宋钓鱼城与重庆城的关联十分紧密。史籍记载的全川抗蒙防御体系重庆统帅部，亦即人们常说的余玠帅府，正期待着考古发现的证实。而南宋城砖发现地巴县衙门遗址，也是明清时期老鼓楼所在位置，文物线索与史籍记载高度吻合。重庆市和渝中区政府决定，立即对遗址进行发掘保护。国家文物局也派出考古专家提供支援。

2010年4月至2015年5月，巴县衙门地块一万二千多平方米地下面貌，被考古发掘揭示出来，出土文物三千二百多件，各类标本数万件。其中的房址、道路、水井、灰坑、基石、排水沟、礓石堆及砖砌高台规整有序，瓷器、瓦当、礓石、坩埚等文物保存良好。

那座镶嵌有刻字城砖的高台尤其亮眼。高台东西宽二十五米，南北长二十四米，残高近八米，上窄下宽呈97°倾斜，为夯土包砖式建筑，大型条石基础。高台整体独立于遗址地面，高大雄伟。镶嵌其中的淳祐乙巳西窑城砖、淳祐乙巳东窑城砖，清晰地显示出建筑年代。宋淳祐乙巳即淳祐五年（1245），正是余玠任职四川安抚制置使兼知重庆府的第四个年头。

原来巴县衙门老鼓楼所在位置，正是人们搜寻多年而不得的南宋巴蜀地区抗蒙战争统帅府，考古学界命名为重庆老鼓楼衙署遗址。那座夯土包砖高台上原有建筑，在古代也有专名——"谯楼"，通

081

常指城门上用于瞭望的高楼。南宋四川安抚制置使司的大门城楼，俯临长江。余玠直接把自己的帅府当成了军事前哨，随时准备应战。

老鼓楼衙署遗址除了宋代文物外，还有明清及民国时期的制钱、瓷器、砖瓦、房基等文物。遗址现场可以清晰看到各个朝代建筑的层次叠压关系，而明清两代衙署围墙也基本重合。历史与考古学界综合分析认为，该地正是南宋至民国时期的重庆府衙及巴县衙署所在地。

巴县衙署自不必说，明清两朝数百年间都没挪动位置。直到20世纪30年代后期，重庆成为中国抗战首都，城区范围扩大，巴县政府才从这里迁出，先后在华岩、李家沱、南泉办公，最后在鱼洞镇扎根。时至今日，鱼洞已经是一座生气勃勃的卫星城，而"巴县衙门"则成为重庆母城渝中区的一个历史地标。

至此，一处收藏了宋元明清以至近代近八百年重庆城市秘档，规模宏大的古城遗址，完整地展现在世人面前。

而老鼓楼衙署的主人，从余玠、王坚到后来的张珏，三位将军的命运，却是既有辉煌，更有令人叹息的遗憾与悲哀。

南宋宝祐元年（1253），在巴蜀抗蒙战争中立下殊勋的余玠，受到朝廷主和派权臣攻讦。宋理宗听信谗言，惧其恃功谋叛，剥夺其军权，调离重庆回朝廷听令。余玠面临与岳飞相似的遭遇，深感不安，于重庆帅府突然死亡。

余玠之暴卒，是自杀，他杀，还是病故？史籍记载多含糊其词，且相互矛盾。重庆地方史志记载的是，"（余玠）治蜀十年，能绩懋树。以谗召还，卒。巴蜀悲之，祀名宦"（乾隆年间《巴县志·名

第四章
彭大雅之城与余玠帅府

臣·军功》）。

无独有偶。余玠的继任者和学生，曾令蒙哥大汗在钓鱼城丧命的王坚，亦因权臣贾似道"忌其功"而下谗，于宋景定元年（1260）被调离重庆，在朝廷及地方任若干闲职后，于景定五年（1264）抑郁病卒。

在宋代，抗敌有功因谗受屈的，除了武将，也有文臣。与岳飞同时代的巴县本籍人士冯时行便是一例。

冯时行，北宋宣和六年（1124）进士、殿试第一甲第一名，是重庆历史上两个状元中的第一人（另一为宋开禧年间的蒲国宝）。南宋绍兴八年（1138），冯时行以"奉议郎"（朝廷政务咨询官）之职，向高宗赵构呈上《请分兵以镇荆襄疏》，反对秦桧等朝廷主和派的主张，建议加强岳飞的兵力与金兵决战江汉，一举恢复北宋失地。

但冯时行的主张却被高宗赵构拒绝，斥其为"杯羹之语，朕不忍闻"，即是说朝廷那时根本没有继续抗战的决心，皇帝身边容不得冯时行了。但这话也不能明说，高宗于是"乃命进秩，擢知万州"，对冯时行明升暗降，打发到地方任职。

冯时行在万州（今重庆市万州区）知府任上，积极作为，惩邪锄恶，致力于发展经济。仅两年就使万州经济得到改善，积累下一笔财富，不料却引来贪官觊觎。绍兴十一年（1141），转运判官李炯来到万州，借口朝廷军务急需，下令调运万州库银充实户部国库，以此向皇帝邀宠。冯时行看穿了李炯的卑劣用心，反对调运库银。李炯蛮横动用五百飞虎军强行押解万州库银入朝，并向权相秦桧诬告冯时行抗拒朝廷。

秦桧原本就记恨冯时行上疏主战，险些坏了和议之事，便唆使下属弹劾冯时行。高宗皇帝即敕令罢黜冯时行万州知府，并将其从《大宋状元录》除名。冯时行"自是坐废者十八年"，直到秦桧死后，冯时行才受到朝廷旧友举荐，重新起用为黎州（今四川汉源）知州。

绍兴三十一年（1161），金国再次撕毁与南宋的盟约，兴兵进犯边境。其时岳飞早已遇害，朝廷亦无良臣，如何应对国难危机？高宗皇帝想起了当年那位冯状元，于是再次诏令冯时行赴京议事。

冯时行从巴蜀赶到建康（今南京），因突发急病不能再去京城临安（今杭州）。他抱病给朝廷写了一纸奏疏《请易田师中用张浚刘锜疏》，建议起用抗金名将张浚、刘锜对金国决战，以收复失地统一天下。他在奏疏中直接促请皇帝下"罪己诏"检讨以往过失，以此凝聚民心，一致抗敌。史籍记载了冯时行的铿锵之语：

敌决败盟，望移跸进幸建康，下罪己之诏，感动中外，愿与社稷俱为存亡。自古未有人主退而能使天下进，人主怯而能使天下勇……愿陛下舍一己之好恶，勉用浚以副人望，决能使军民回心，踊跃鼓舞，其效亦非小补。

——（清）陆心源《冯时行传》

这样"大逆不道"的文字，高高在上的天子岂能容忍？何况一班朝臣早已被江南富裕温柔的乡风熏得软绵绵的了。其时的南宋朝

第四章
彭大雅之城与余玠帅府

廷只习惯过"临安"的日子，皇帝对通过战争收复失地也不再奢望。宋高宗干脆拒绝见他，一纸诏书将他踢回地方任职，再也不让他回到朝廷。

尽管受到朝廷冷落，这位巴蜀状元依然个性不改，对官场弊端深恶痛绝。冯时行在任职成都府路提刑（省级司法官）期间，到各州县巡视，查处多名贪官，为百姓伸张正义。绍兴二十九年（1159年），冯时行在黎州（今四川汉源）发现当地税收存在"税米无正色"之弊，即对税谷没有统一的成色规定，税官看关系亲疏和心情好坏随意定级，加重了百姓负担。冯时行立即下令制止，把百姓的负担降低三分之一，并严禁官员收受办事酬劳。同时又规定，现任政府官员不得买卖外贸商品，以杜绝权力垄断市场的行为。黎州官场风气由此大变。

冯时行在雅州（今四川雅安），公开鼓励百姓举报官员违法行为和执政弊端，并向朝廷提出奏章，废除过时而严苛的法令，让百姓休养生息。雅州的经济和民生很快改观，百姓纷纷赶到州府向巡抚大人冯时行表达感激之情。冯时行六十三岁时在雅州巡抚任上去世，当地建了一个祠庙祭祀他。后来冯时行家人将他移回老家，安葬在巴县鱼嘴沱（今重庆市江北区鱼嘴镇）。重庆地方史志的记载是，"隆兴元年（1163）卒于任。民立祠祀之"（乾隆年间《巴县志·勋业》）。

重庆府城也立了一块石碑来纪念冯时行和另一位本土状元蒲国宝，称为双状元碑，上书"文治光华"四字。双状元碑立在巴县县学即县文庙内，乾隆年间《巴县志·重庆府城图》标明了其位置，在金碧山下即今渝中区二府衙街一侧，其后有上洪学巷。洪学即"黉学"，是古代学派中对孔门儒家学问的尊称，历来列为当地的最高学府，同时也是文庙。巴县文庙的坐标位置，正好与重庆二十六中学校园重合。其下还有个地名状元桥，也寄托了重庆人对这位"公明果断，所至有声"的状元公的尊敬与推崇。

正史与方志正如朝廷与民间，看待一个人所遵循的逻辑往往是不同的。而南宋的国运，也与重庆文臣武将的命运相互映衬。

继余玠、王坚之后担任四川制置副使兼知重庆府的张珏，率军坚守钓鱼城近二十年，多次奇袭忽必烈大汗的蒙元军队，解重庆城之围。宋景炎三年（1278，其时南宋大部已归元朝），钓鱼城在顽强抵抗四十三年后，最终被元军攻破。

接着是重庆城被攻陷，最后的守将张珏坚持抵抗，部将赵安却擅自打开镇西门投降。张珏拒绝投降，与元兵在城内展开巷战。终因寡不敌众，张珏弃城突围，遣散士兵各自逃亡，他自己用小船载着家人顺长江东下逃往涪州（今重庆涪陵）。途中，张珏悲愤难抑，拿起斧头打算砍砸船底自沉，被船老大夺去斧头丢入江中。张珏挣扎着欲投水自尽，也被家人拼死拉住。第二天，张珏被追到涪州的蒙军抓住，押解到安西路府（今陕西西安）囚禁两年，始终守节不屈，最后解弓弦自缢身亡。其时，南宋已经灭亡。

从镇西门到老鼓楼衙署，南宋时期的重庆城见证了重庆军民的坚韧与顽强，也见证了一个王朝的衰落与灭亡。几位于地方和朝廷皆有不朽功绩的将领，最终的结局令人唏嘘。彭大雅、余玠、王坚及主张抗战的状元冯时行都被权臣构陷，遭皇帝猜忌，无辜贬谪，

第四章
彭大雅之城与余玠帅府

郁郁而终。而战将张珏也被朝廷早早抛弃。

德祐二年（1276）十二月，宋恭帝赵㬎降元，并以"圣命"下降表令张珏也投降。其后的战事，张珏得不到任何支援，终致战败。重庆守将的个人命运，折射出南宋国运变化之历史必然。与张珏一样坚持抗战到底的一代名臣文天祥，在得知张珏战败身亡后，也发出深深叹息，特别赋诗哀悼：

气敌万人将，独在天一隅。向使国不亡，功业竟何如！
——（宋）文天祥《悼制置使兼知重庆府张珏》

文天祥准确地指出了重庆抗蒙战争结局之因，根在国衰而非将败。

然而，一个王朝的兴衰转折，在中华民族的历史长河中终究只是短暂一瞬。就像老鼓楼衙署外太平门城墙下的长江，奔流几千里，到重庆地界碰到岩岸与河湾，打几个漩，荡几个回水沱，留下若干故事，之后，仍将奔腾向前，毕竟东流去。而江岸的石岩，则因经历过那么多的冲撞与波折，积淀下更加厚重的人文品格，成就了重庆之重。

当年彭大雅建城立碑的镇西门，亦即后来的通远门，复生后屹立至今。曾经被掩埋遗忘的老鼓楼衙署遗址也终于重见天日。原因无他，这座城市的根一直在那里。

第五章 大夏皇宫与戴鼎砌城

元末明玉珍玄宫之碑（拓片）

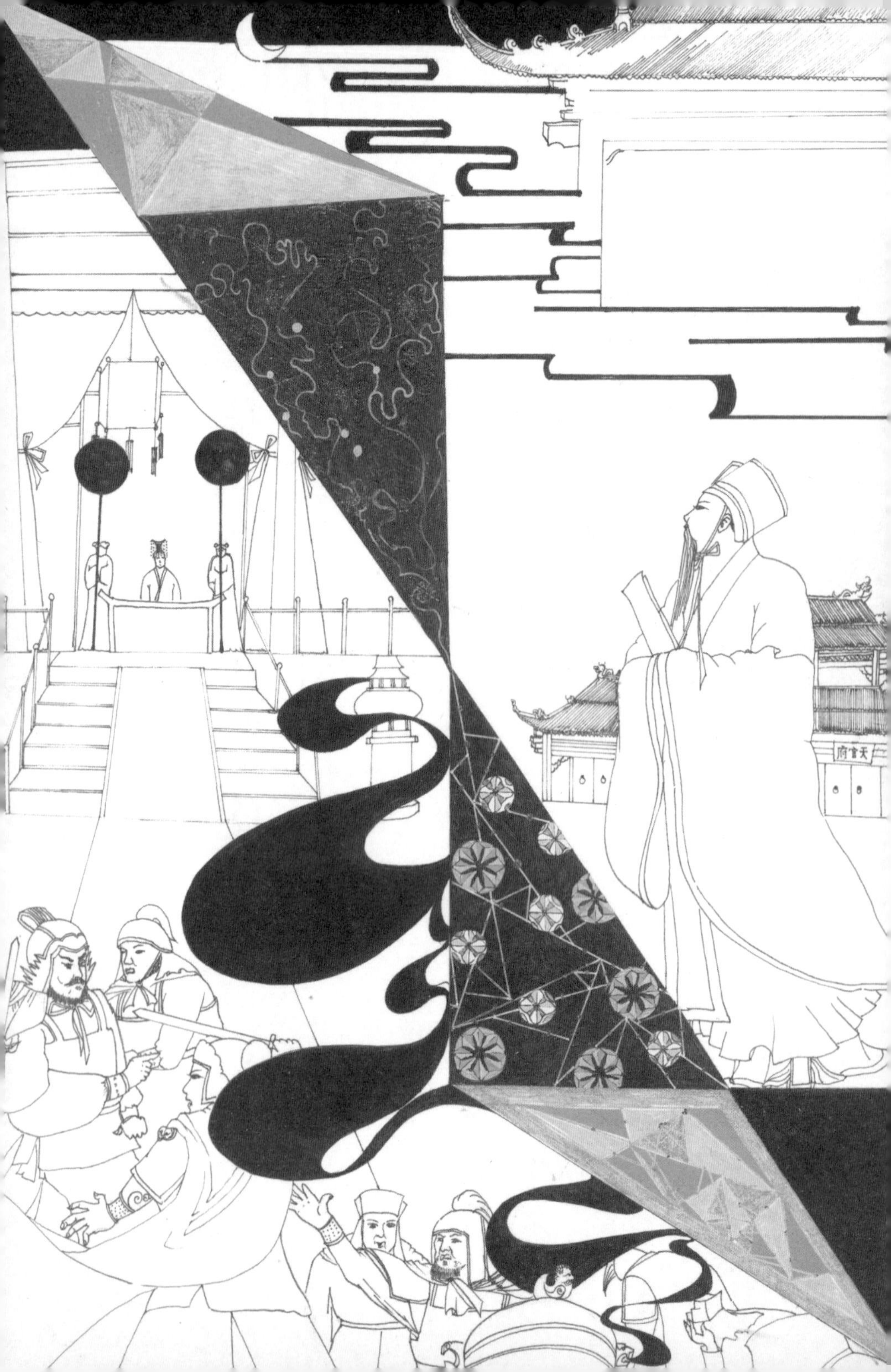
天官府

人和门

在中国历史上，明朝是最后一个大规模筑城，并以国家战略来贯彻实施的王朝。从万里长城到各个州县的城墙，保留至今的多是明代建筑，且几乎都有统一的制式和规范。重庆也不例外。重庆历史上最后一次筑城，发生在明洪武年间，主持人叫戴鼎。

如果说南宋彭大雅筑城，是鉴于抗蒙战争的紧迫形势，所做的一次城建急行军，那么戴鼎的筑城则要从容得多，把急行军变成了有条不紊地持续登山。边登山边劳作，最终把重庆城做成了一件规模空前的建筑艺术品。或因时势所迫，彭大雅的宋城以山岩为基础，用泥土和碎石夯筑城墙，是真正的"筑城"。而戴鼎的明城则在原城址的基础上，全部用砖石所砌，工艺上已经变成了"砌城"。

"砌城"之概念，不是后人的发明，是史籍所载：

明砌重庆石城。明洪武初，指挥史戴鼎因旧址砌石城，环江为池。门十七，九开八闭，象九宫八卦。朝天、东水、太平、储奇、金紫、南纪、通远、临江、千厮九门开；翠微、金汤、人和、凤凰、太安、定远、洪崖、西水八门闭。

——乾隆年间《巴县志·建置·城池》

这里明确说了戴鼎是"砌石城"，还第一次说到这城有十七道城门。城门和城墙要能长期使用，也必须是石头或以城砖砌筑，才够坚固。

城建方式的变化，折射的是中国朝代治乱更替的规律。

在此之前，重庆也经历了长期的战乱。1278年，宋将张珏战败，

重庆被元军占领，元朝廷将重庆路纳入川南道。但整个元朝时期，重庆城老百姓的日子乏善可陈。地方史志记载最醒目的是两条灾难信息：

> 元延祐三年（1316），重庆路发生特大火灾，郡城房舍十焚八九。
>
> 元天历二年（1329）四月，重庆路发生火灾，延烧240余家。
>
> ——《重庆大事记》，重庆市地方志编纂委员会，1989年

接着是战乱。元至元二年（1336）八月，大足白莲教韩法师起义，占领重庆大部地区。至元三年（1337）建立"南朝"，韩法师称"南朝赵王"，定都重庆，随后被元朝廷镇压。

元至正十一年（1351），安徽、湖北等省的农民起义军红巾军，接过白莲教大旗，与蒙元统治者对抗。随州（今湖北随州）义士明玉珍，也在家乡拉起一千人的队伍，参加徐寿辉领导的西系红巾军（东系红巾军由郭子兴、朱元璋率领），与朝廷军队作战。明玉珍连战连捷，被徐寿辉委以统兵征虏大元帅职，为前锋征战。至正十七年（1357），明玉珍带领西系红巾军进入四川，四月兵临重庆城下。元军守将哈麻秃被生擒，元朝廷重庆镇守完者都弃城逃跑。明玉珍义军因纪律严明受到重庆百姓欢迎，并吸引附近州县纷纷归附。史籍记载的是，"（玉珍）克其城，完者都遁，父老迎入城。玉珍禁侵掠，市肆晏然，降者相继"（民国《巴县志》引《续通鉴》）。

次年，明玉珍率军攻占成都，随即占领四川全境，奠定了推翻

蒙元西南统治的基础。其后，西系红巾军发生分裂，徐寿辉被部将陈友谅杀害。明玉珍明确反对陈友谅的内斗行为，派兵拒止陈军入川。至正二十一年（1361），明玉珍在重庆独立建政，称陇蜀王，至正二十三年（1363），正式建立大夏国，改元天统，以重庆为国都。

元朝在中国历史年表上的存在时间是1271—1368年，前后共九十七年。其间，1278年重庆归属元朝廷，1357年元朝廷失去重庆。掐头去尾，蒙元实际统治重庆不足八十年，而重庆城已经满目疮痍，十分凋敝。

历史上，重庆曾三次建都，分别是巴国建都江州、大夏国建都重庆、中华民国抗战首都临设重庆。1361—1371年，定都重庆的大夏国存续十年之间，对全川实现了有效治理，此为重庆之幸。

鉴于元朝政治腐败，民生艰难，导致社会动乱的教训，明玉珍在大夏国实行内部分权，互相制衡，中央设六卿分管百官、军事、工程、刑狱、户籍、礼制。同时废除元朝的苛捐杂税，实行"赋税十取其一，农家无力役之征"的政策，让人民休养生息。明玉珍本人也带头躬行节俭，吃粗粮，穿布衣，"皇宫"因陋就简，利用前朝官府旧房临朝听政。

而面对旧贵族的消灭，新贵族的产生，权力滋生腐败，官兵欺压百姓等问题，明玉珍也态度坚决地加以制止。重庆民间流传过这样一则故事：明玉珍的侄子明昭，也是红巾军将领，原本英勇善战，以战功卓著官至大夏国中书舍人，因卷入一起"和尚奸杀民女案"引起朝廷内外议论。事情源于明昭的妻弟涉及一起民间纠纷，指使手下杀害了一名歌姬，却制造假象陷害一个无辜的出家人。案件被

第五章
大夏皇宫与戴鼎砌城

刑狱司侦破后，明昭替妻弟说情，要求从轻处罚。明玉珍亲自过问，弄清事实后把司寇大臣找来，严肃地说："朕不忧民所犯法，此则刑律备述也。朕所忧者，官犯法也！"最后，刑狱司按大夏国刑律处死了明昭的妻弟，明昭也被弹劾撤职，后在平定播州叛乱中戴罪立功才得以赦免。

大夏国十年治蜀之功，史籍也有权威记载：

建社稷宗庙，救雅乐，开进士科，定赋税，蜀人悉便安之。

——《明史·明玉珍传》

礼乐刑政，纪纲法度，卓然有绪……盖仁心爱人而人慕之，人心所归即天命所在，故四年而西土悉平。

——《玄宫之碑铭文》

《历史考古文集》，重庆市博物馆，1984年

明玉珍也因此被重庆百姓称为"平民天子"。而这位身世特别的天子，其"皇宫"究竟什么样，建在哪里，很久以来都是重庆人喜欢谈论的话题。有的说在重庆城大梁子长安寺（今新华路25中学校园），有的说在下半城洪学巷。倒是乾隆年间《巴县志·廨署》说得具体一些，"重庆府署，在太平门内，元末明玉珍据作伪宫，倚金碧山"。

即是说，明玉珍的大夏国皇宫与清代重庆府署是在同一位置，背靠金碧山。而金碧山也就是大梁子山，长安寺是其最高处，洪学巷亦在其东面下方，紧临二府衙街。洪学即黉学，黉学宫院为传

播孔孟学说之所，也是清代县学和县文庙所在地，即后来的重庆二十六中学及其周边，今东水门长江大桥南侧解放东路望龙门一带。

这里有个问题，乾隆年间《巴县志》指认"明玉珍伪宫"，即大夏国皇宫位置，为何不说望龙门而说太平门？概因清乾隆时期重庆下半城尚无"望龙门"地名，因为本来就没有那么一道"望龙门"。明初戴鼎所砌重庆九开八闭十七门，在太平门与东水门之间，原有一道太安门，因是闭门而被忽略，但那一段城墙至今仍在。"望龙门"是后来由当地居民叫出来的，因此地正好与长江南岸的龙门浩对望，久而久之便成了地名。在此之前，《巴县志》要确定重庆府署和大夏国皇宫位置，只能以大家熟知的最近地标太平门为参照。

时移世易，600多年来，街巷面貌变了无数次，大夏国皇宫位置也只能说个大概。不过这位皇帝最后的安葬地倒十分确定，前面所引关于明玉珍短暂治理巴蜀的评价，第二则就出自他的碑铭。铭文记录的明玉珍生平还有如下文字：

生于己巳九月九日，崩于丙午二月六日，谥曰钦文昭武皇帝，庙号太祖，寿三十八岁，在位六年，以九月初六日葬叡陵。

——《玄宫之碑铭文》
《历史考古文集》，重庆市博物馆，1984年

1982年，明玉珍玄宫之碑在与渝中半岛一江之隔的江北城宝盖山叡陵出土，碑文由明玉珍的起义军战友、大夏国右丞相刘桢撰写。

元天历己巳年和夏天统丙午年，分别是1329年和1366年。明

第五章
大夏皇宫与戴鼎砌城

玉珍短暂一生的中后期，元朝已经陷入战乱之中，大夏国时期的四川反倒获得难得的安宁。明玉珍去世后，其子明昇继位，大夏国继续存在了五年。

明玉珍建立的大夏国，与三国蜀汉有诸多相似。都以征战方式实现了中国西南的社会安定和经济发展。明玉珍也有诸葛亮似的抱负，欲以巴蜀为根基统一全国，却没能实现，也是时势所然。元末明初的天时地利都在朱元璋一边，这点明玉珍其实也看得很清楚。

大夏国建立后，仍在征战的朱元璋派人与明玉珍联络，表明愿效仿当年刘备、孙权联手抗曹的策略，先推翻蒙元统治，再图国家统一。明玉珍对此也给予了积极回应。史籍的记载是："太祖（朱元璋）遣都事遗玉珍书曰，足下处西蜀，予处江左，盖与汉季孙刘相类，唇齿相依，愿以孙刘吞噬为鉴。自后信使往返不绝。"（《明史·明玉珍传》）

明洪武元年（1368），朱元璋登基为皇帝，宣布明朝正式取代元朝，随后进行的征伐已从造反起义，变成了统一之战。三年之后，朱元璋的军队兵临重庆城下。鉴于国家统一大势已定，年仅 15 岁的少年皇帝明昇，与执掌国政的母后彭氏、丞相刘桢一道，最终选择接受招抚，放弃抵抗，取消"大夏"国号，归顺朱明朝廷。因而，明昇交给朝廷的，是一个相对完整、治理有序的城市。

大夏国归顺明朝是洪武四年（1371），朱元璋下令将重庆路降为重庆府，同年十月，设置重庆守御千户所，由千户辅（相当于校级军官）担负统兵防守之责。

由路降府，以千户辅负责城市的防御，解除大夏国武装的重庆城，在明王朝的安全版图中，分量明显减轻。这也反映出朱元璋对大夏国皇室斩草除根、永绝后患般处置后的心态。明昇先被封为归义侯，迁居京师（南京），随后被废为庶民，"洪武五年徙明昇于高丽"（《明史·明昇传》）。大夏国皇室全族流放朱明王朝的附属国朝鲜，再也没有返回故国，重演了周朝处置殷商遗族的历史故事。

公元前11世纪，武王伐纣以周代商后，随即遣散殷商遗族，把纣王的叔父箕子放逐到东北蛮荒之地朝鲜。与箕子随迁的5000多殷商族人，遂成为朝鲜半岛早期居民之一。2400年后，由重庆出发的大夏国遗族，在朝鲜半岛繁衍生息，成为朝鲜、韩国明姓的始祖。时至今日，每年都有韩国明氏族人来渝寻根问祖。重庆作家黄兴邦老师在其所著小说《明玉珍》里，有详细论说，在此不赘述。

明朝廷轻看重庆的后果不久就有显现。洪武六年（1373），巴县人王立保发动叛乱，称应天大将军。叛军烧毁了佛图关，接着进攻重庆城，在通远门和南纪门外与驻守明军激战，被守军击退。明朝廷鉴于此次叛乱教训，提高了重庆城的军事防御等级，把守御所改成卫治。

卫就是防卫，卫治即负责城市防御的军事机构。明朝新立，稳定政权、防止前朝复辟和各种叛乱，乃是第一要务。朝廷因而向各地派出军事将领，负责执行朝廷指令，统一军政指挥权，相当于对地方事务实行军管，但原有行政管理系统仍然保留，重庆仍称重庆府。卫分两级，省城设都卫，重要的路、府设卫，其任职首长为卫指挥使,官署即称卫指挥使司。卫之下才是守御千户所,简称千户所。

第五章
大夏皇宫与戴鼎砌城

现在该戴鼎登场了。

戴鼎是安徽人,随朱元璋征战的将军,在重庆的职务就是新设立的卫指挥使。明洪武六年(1373)十一月,戴鼎就职重庆卫,建立卫指挥使司。

重庆卫指挥使司设在哪里?史籍没有明确记述。有学者认为,最可能的地方就是原来的大夏国皇宫。王朝初立,百废待兴,维持军备,恢复经济,哪儿都得花钱,因而能省则省,利用前朝设施是最好的选择。这话颇有道理。

不过,依此道理,似还有进一步探究之必要。戴鼎是农民起义军出身的将领,吃苦耐劳是其本分,既是军人,又要节俭,那么他的最好去处便不是皇宫,而是军营。

重庆城的军营,历来选择靠近城门、码头和山上制高点,既便于防守,也方便出击。清代重庆城驻军,在重庆镇总兵之下,分为左中右三个营,各营的正副指挥官称为游击、守备、都司,其驻地则称游击署或守备署。这给我们留下了寻找的线索,权威的地方史志首先指出了各营所在的方位:"中营游击署,在杨柳街;左营游击署,在八仙土地街,系重庆卫改建;右营守备署,在凤凰门横街。"(乾隆年间《巴县志·兵制》)

事实上清代的三个军营有两个遗留下来成了地名。据第二次全国地名普查渝中区普查资料,守备街之名来源于"清代右营守备署驻地",左营街则因"清代左营游击署驻地在此而得名"。而中营游击署所在的杨柳街,直到1939年毁于日机轰炸,重建时才与三教堂、桂花街、油市街合并改称中华路。

守备街濒临长江码头，左营街占据大梁子（新华路旧名）制高点，两个军营的地理位置，都符合驻军山城攻守有利的原则。事实上，在大梁子一带，尤其是左营街驻军，一直都是重庆城防的传统做法。保留至今的左营街东接人民公园，西连新华路，全长一百五十米。因位置突出，继清军左营之后，民国时期川军二十一军军部也驻扎于此。重庆解放后，新华路左营街一带军营由中国人民解放军接管。现在仍是解放军重庆警备区驻地，其外的大楼名"长城大厦"，多年以前也是新华路的标志性建筑。

这就是说，从明清至当代，作为重庆城制高点，大梁子—新华路—左营街的军事城防地位，从未动摇过。这一点，成书于民国二十八年（1939），向楚、朱之洪纂修的《巴县志》（通称民国《巴县志》）讲得更明白：

左营游击署，《王志》：在八仙土地街，系重庆卫改建。民国以来二十一军司令部、川康善后督办即驻节于此，今为川康绥靖行署。

——民国《巴县志·建置》

左营游击署，就是清军重庆镇左营，而重庆卫就是明初重庆卫指挥使司的简称，戴鼎任指挥使。重庆卫驻地八仙土地街，是明代的地名，改称左营街是清朝以后的事。左营、中营、右营，是满清八旗军延续下来的建制，之前是没有的。

"王志"，即王尔鉴主编的乾隆年间《巴县志》，上文已有此

第五章 大夏皇宫与戴鼎砌城

引述。两部权威地方志都指出，明重庆卫与清左营署是同一地方，即今天还保留着老地名的新华路左营街。

时至今日，明代地名"八仙土地"还有点影子保留下来。左营街相邻的文化街，原名文华街，因有文昌宫得名，是连接上半城和下半城的通道。其上端新华路出口，老地名叫神仙口。相传"八仙过海"中的铁拐李，在此运用神力救治过垂危病人，而被人们长久传颂。

戴鼎把重庆卫指挥使司建在八仙土地街，其原因究竟何在？没有更多的史料给予说明。而该地自明代即有作为军营的传统，此地在宋元时期作为军营的可能性也是存在的。若果如此，则戴鼎的确没有丢掉农民起义军将领的本分，因陋就简地利用了原有军营，而把有限资源用在更紧要的地方，就是砌城。

这是笔者为自己的推理找到的理由，也是为六百多年前，在一个王朝百废待兴之际，完成浩大而艰难的砌城工程，寻找到的合理解释。戴鼎砌重庆城，首先要解决的是如何动员人力。

按明朝初年的军队编制，戴鼎的重庆卫下辖五个守御千户所，每个千户所有官兵一千二百一十六人。千户所下辖十个百户所，各有一百一十二人。合计由戴鼎指挥的将士共六千余人。乾隆年间《巴县志》记载的是，"置重庆一卫五所，及本府州县又编民壮，以时操演，用备不虞"。这里的"民壮"，相当于后来"一手拿镐、一手拿枪"的民兵和预备役军人，以备不时之需。

明初的"不时之需"就是重修重庆城。戴鼎在旧城址基础上，用巨大的条石砌起新城墙，"高十丈，周二千六百六十丈七尺"。

经渝中区文管所实地勘察测算，原城墙周长8860米，将近9公里。

如此规模的城墙，加上十七道城门，需要的人工和物料难以估量。戴鼎除雇用民工外，重庆卫的官兵和"民壮"在训练备战之余，参与砌城施工，甚至成为攻坚阶段的"突击队"，也是势之必然。中国军队历来就有工程突击队的传统，从秦汉间修筑长城到唐宋时屯垦戍边，这样的记录充满史册。

戴鼎在重庆期间已经没有打仗立功的机会，他的作为就是再建重庆城。至于工程费用如何筹集，是否有朝廷拨款，或集资摊派，具体的过程如何，都没有文字记录。有一点可以确认，明朝年间各地都兴建了城墙和城楼，包括七千多公里"明长城"，形成一次史无前例的全国性筑城运动。因而戴鼎的筑城，绝非一时心血来潮，而是有周密计划的，同时也充分考虑了重庆的地形特征。按照历史上"沿山筑城，环江为池"的传统，明城墙充分利用山脊和陡壁，既保证了城防坚固，又节省了人力物力。其过程的漫长、艰辛及其后果，也足以让人遐想无尽了。

"城门城门几丈高，三十六丈高。骑白马，带马刀，走进城门又一刀。"这首传唱甚广的童谣，是重庆人历时悠久的遐想。小时候，我们还把童谣的首句唱成"城门城门鸡蛋糕，三十绿豆糕"，在饥饿难解的年代，借城门表达对美食的遐想。

重庆人对戴鼎明城的遐想持续至今。持续最久也最具代表性的，是关于城门的争论与遐想。十七道城门镶嵌在8860米城墙之间，平均每半公里就有一道城门。有人考证，在中国历史文化名城中，重庆古城门的密度是最高的。引起争论和遐想的问题是，"门

第五章
大夏皇宫与戴鼎砌城

十七，九开八闭，象九宫八卦"，为什么会设计八道闭门？除了讲究风水的象征意义外，还有什么功能？其设计思路究竟是什么？

1992年的一个春日，我与一位在图书馆工作的朋友一道，从通远门出发，以逆时针方向环绕一周，循着老城墙基石踏访明城墙遗址。我们顺长江流向依次走过南纪门、储奇门、太平门、东水门，在朝天门往西转至嘉陵江一侧，走过千厮门、洪崖洞、临江门，回到通远门金汤街的城市制高点。

朋友在图书馆负责历史文献资料管理，他找来一张清乾隆年间的《重庆府城图》复印件，作为依据和指引。尽管我也知道，两百多年前的地图测绘标准完全不能与现在相比，其所标注的城门多数已不存在。然而踏访的过程仍然让我充满好奇和激动。我们意外地发现，那张古地图上的城墙，差不多还有一半，被我们用双脚重新丈量出来。

从金汤街制高点随山势而下，站在长江大桥北桥头往上看，一片陡峭的山崖上方，就是当年砌筑的城墙石基。几百年过去，尽管条石边缘已被岁月的风雨磨去棱角，变成圆形石头，但依然坚固，堪称磐石。当年扼守城市的军事要塞便筑在这些磐石上。

南纪门至储奇门段公路，靠山岩一侧崖壁，古老的城墙石基仍然发挥着托举城市交通的作用。我小时候赤裸着身体走过的望龙门至东水门段城墙上方，大河顺城街的居民，仍然喜欢利用城墙石缝支上竹竿，撑起雨伞或遮阳篷，坐在其下喝茶聊天。嘉陵江一侧，千厮门至洪崖洞段的古城墙也基本完整，虽然也有人家把"捡来"的石头用作修建房屋的基石，或用来垒砌鸡圈。

103

尤其意想不到的，那幅古地图上标注的城门，现在也能与实地踏访的位置一一对应。长江边的四方街，一片低矮简陋的房屋间隙，露出一面缺损的石壁。我们钻进一位老年居民的偏厦式房屋里，搬开靠壁的锅盆碗盏和泡菜坛，触摸到一个圆拱形的门洞，当地居民说那就是太平门！

太平门是一道开门，由此门下去就是太平门码头。民国年间修下半城的公路，城门洞用条石堵上垒成了堡坎，久而久之便成了居民的房屋墙壁。很多年来，太平门不见了踪影，而太平门码头还在，也是我们小时候玩耍之地。

在太平门码头边，除了跳进江水游泳、在河滩上挖沙坑"埋鬼子"、搬鹅卵石"筑城堡"、在岩石间数罗汉（岸边有一排小型的岩刻菩萨像）外，我们还学大人们"淘金"。

小学四年级夏天，有一次，我和几个小伙伴跟着邻居张家老三去太平门江边玩耍，只见他拿了把铁"掏扒"，把江水半淹的沙滩挖出一个坑，再拿只竹编撮箕，舀起江水冲刷沙坑。冲着冲着，张老三突然把撮箕扔下，双手捧起一把沙粒，小心地翻捡，竟真的捡起一粒黄豆大小的沙金。张老三用两根指头拈起沙金，对着太阳摇晃，金灿灿的光亮把他的眼睛也映得一片金黄。

这是真正的淘金了！我们都很兴奋，水也不玩了，跟着他回家拿户口簿，又一起去小什字的人民银行，兑得了一元七角三分钱。张老三是中学生，那时得自己攒学费。我们则见者有份，每人吃了一支五分钱的豆沙冰糕。那是太平门留给我儿童时代的最美好印象，至今仍记忆深刻。

第五章
大夏皇宫与戴鼎砌城

回到正题。近年进行的第三次全国文物普查结果表明，明代砌筑的重庆城8860米城墙，虽经历多次拆毁，仍存残墙3167.6米。其中约600米古城墙，以封存在房基或堡坎内的方式得到被动保存。当年我踏访触摸过的太平门，或许就属于被动保护之列。而在这十七道城门中，保存得最完整的还是东水门和通远门。

让我们再次回到通远门。这道既不临嘉陵江，也不靠长江，完全修建在山间的城门能保存下来，差不多算得上一个奇迹。

重庆古城门历史上屡经拆毁与重建，地方志记录的最后一次大规模重修（咸丰九年，1859）之后，就只拆不建了。"民国十年（1921），杨森为重庆商埠督办，主撤临江门，发展城郭间交通。"临江门成为十七门中最先拆掉的城门，接着是"建筑马路，宏廓码头，朝天、南纪、太平、通远等门悉行撤废"（民国《巴县志·治城》）。

这里，《巴县志》的记载有点小误差，通远门城墙虽大部拆毁，但城门本身并未撤废。实际情况是，1927年8月，重庆市区第一条干线公路动工，从七星岗经观音岩、两路口至上清寺、曾家岩，称为中区干道，即今天的中山一路至中山四路全段，通远门成为城内连接"新市区"的起点。

1929年重庆正式建市，市政厅长官潘文华成为首任市长，主持大规模城建，继中区干道后又开建南区干道和北区干道，之后储奇门、金紫门、千厮门等也相继消失。随后城内街道扩展成公路，分别与南、中、北三条干道连接。

抗战时期，日本飞机对重庆实施规模空前的大轰炸。焦土之上，重庆人顽强生存，对城区道路重新规划扩建，以较场口为中心，修建凯旋路和中兴路，连接上半城与下半城。修建从较场口到七星岗的和平路，连接中干道，通远门恰在节点上。因阻塞了通道，原规划也要拆除，后因城门位置过高，山岩坚硬，工程土石方量太大，设计改为建双向公路隧道，俗称"七星岗洞子"，通远门才幸免于拆除。1945年，重庆市政府将通远门内的五福宫街、金鱼塘街、走马街，合并命名为和平路。

明城墙及十七道城门多数消失，不是战争和天灾摧毁，而是遭遇和平拆除，恐怕是六百年前的砌城者做梦也想不到的。在城市现代化进程中，那或许也是一种历史必然。而通远门和东水门则幸运地成了偶然，其中的奥秘也颇耐人寻味。

就通远门而言，六百多年来，除了城市防御和连通外界的功能外，其故事传述和文化积淀的功能，或许更值得探寻。

通远门内有两个颇具代表性的文化遗址，一个是莲花池巴蔓子将军墓，另一个是马蹄街口的天官府。

巴将军献头护城的忠勇故事，重庆人家喻户晓，本书第一章已有简述。而巴将军墓之所以能保留至今，正是从戴鼎砌明城以后开始确认的。明代学者曹学佺《蜀中名胜记》记载："郡学后莲花坝，有石麟、石虎，相传为巴君冢。"

巴君是谁？墓主身份似有点模糊。重庆人只记得巴将军，并在清代以后得到确认。乾隆年间《巴县志》记载："巴蔓子墓，在治西通远门内，雍正间郡守张光麟修立碑表，之后圮。乾隆二年县民周尚义捐修砌以石。"

此后不断有维修。最后一次是民国十一年（1922），辛亥革命

元老、川军第1军军长但懋辛主持重修,并刻碑题铭"东周巴将军蔓子墓",保留至今供人瞻仰。重庆民间也很尊敬这位古代将军,一直悉心保护,将其称做将军坟。

将军坟传颂的是一个武将故事,天官府保留的则是一个文官传奇。

天官府得名于明代五朝元老、吏部尚书蹇义的府邸,建于明宣德八年(1433),位于通远门城墙内放牛巷与马蹄街之间。旧址已不存,唯地名保留至今。抗日战争时期,由郭沫若任厅长的国民政府军事委员会政治部第三厅(后更名为文化委员会),便设于天官府8号。从1938年至1946年,郭沫若在此居住了八年,其时此地汇聚了大量文化、政治、军事人才,因而有"名流内阁"之称。

明代的吏部,在朝廷主管官员任免及弹劾,尚书成为管官的官,在内阁六部中权力最大,故称"天官"。蹇义,原名蹇瑢,巴县本籍人,明洪武十八年(1385)进士,因在朝廷奏对中诚实憨直,得到明太祖朱元璋褒奖并赐名"义",为中书舍人。明建文时任吏部右侍郎,永乐年间升为吏部尚书,成为"天官"。在皇帝出巡期间,蹇义作为太子詹事,辅佐太子监国,临时掌握国家行政权。此后还在洪熙、宣德两朝做过少保、少师,内参馆阁,外预军机,并获宣宗皇帝御赐"免死金牌"及王爵退休待遇,赐建天官府。史籍对此有堪称隆重而庄严的记载:

明宣宗赐公京第,又赐第于巴,阶用纳陛,瓦用琉璃,赐厂在县之凤居沱。赐堂额曰:一个臣。赐门联曰:祈天永命天官府,与国戚休国老家。皆宣庙宸翰也。"

——乾隆年间《巴县志·疆域·古迹》

这段话是说，明宣宗对这位老臣恩赐有嘉，不仅在京城赏赐住宅，在其重庆老家也赐予府第。府内建材使用王府规格的台阶，屋瓦也是琉璃瓦，并特赐生产皇家专用琉璃瓦的窑厂，设在重庆城北的凤居沱（在今重庆市江北区大竹林，也是其安葬地）。府第大门有御题匾额，门联也是帝王恩典，不仅视其为朝廷第一官（"一个臣"），还称他为"国老"，意即退休后仍是国家重臣。而且所有的字都是皇帝亲笔书写，即"宸翰"。

一个大臣受到五朝皇帝一致重视与礼遇，在中国历代朝廷中极其罕见，堪称传奇。何以如此？有两则史籍可供参考，一为正史，一为方志。

据《明史》记载，蹇义在洪武朝廷任中书舍人即皇帝秘书时，"朝夕侍左右，小心敬慎，未尝忤色"。在永乐朝廷任太子詹事时，"帝有所传谕太子，辄遣义，能委曲导意，帝与太子俱爱重之"。而在同僚之间，他也做得很好，"为人质直孝友，善处僚友间，未尝一语伤物"（《明史·蹇义传》）。

可见蹇义具有忠诚质朴，为人友善的突出优点。他为皇帝服务聪明善导，可以很好地处理皇帝与太子的关系。而对同事和下属也宽容大度，从不背后说人坏话。

不过，在为第二位皇帝服务时，蹇义遭遇了一件大事，正史却没有提及。

第五章
大夏皇宫与戴鼎砌城

明洪武三十一年（1398），太祖朱元璋去世后，因太子朱标早亡，皇太孙朱允炆获朱元璋生前指定继位，为明惠帝，改元建文。建文元年（1399），朱允炆为巩固政权，采取削藩措施，限制诸王权力。他的叔父、燕王朱棣以"清君侧，靖国难"之名，起兵造反，于建文四年（1402）攻下京城应天（今江苏南京），夺取皇位，成为明成祖，改元永乐。建文帝逃亡后下落不明，史称"靖难之役"。

本来皇室骨肉之间争夺帝位，史上常见，朱棣是太祖朱元璋第四子，夺权后的皇位也算正统。问题是建文帝身边的大臣们，在事变中都面临选择，是忠于皇帝，还是归附燕王？时任吏部侍郎的蹇义就面临这样的选择。

燕王的士兵杀到皇城时，蹇义还在朝廷当值。幸运的是，蹇义没有和皇帝在一起，事变平息，燕王夺权后，他的选择便相对容易，为新朝服务仍然获得信任，由吏部侍郎做到吏部尚书，由副转正。

还有一个大臣也面临这样的选择，他叫邹瑾。邹瑾也是巴县本籍人，"时巴人官京师者二"，当时重庆人做到朝廷大臣的就他两个。邹瑾在建文朝廷先任监察御史，后任大理寺丞，掌握司法刑狱，相当于最高法院副院长，也受到建文帝信任。面对"靖难之役"，比起同乡蹇义来，邹瑾的选择要艰难得多，或者说根本没有选择的余地。

事变当天，邹瑾正与建文帝在一起。燕王的靖难军打进皇宫时，大臣徐增寿、李景隆已先投靠了燕王，这时变成内应，闯进内廷欲先困住皇帝。邹瑾与御史魏冕二人起身护驾，抓住徐增寿就打。邹瑾边打边大声呼喊建文帝："赶快诛杀这奸贼！"

紧急关头，建文帝拿短剑刺死了徐增寿，又转向叛臣李景隆，欲一并诛杀，但没赶上，让李景隆跑掉。大势已去的建文帝在身边大臣保护下寻路逃亡，最后不知所终，成为后世相关想象故事的长久主题。靖难军士兵杀到内廷金銮殿，捉拿皇帝近臣时，邹瑾还在那里，他最终做出了以死忠君的选择。史籍记载的是："帝手刃增寿，欲并诛景隆，不果。景隆同谷王橞开门迎降。瑾死之。旧祠在人和门。"（乾隆年间《巴县志·忠义》）

人和门也是戴鼎所砌重庆城十七道城门之一，位于金紫门与储奇门之间，属闭门。闭门也是门，平时不开，留待非常时刻才打开应急。重庆城的八道闭门是一个历史的存在，人和门近年已被重新发现，成为新的城门遗址。但邹瑾的祭祀祠早已不存。

对于明初在朝廷做大官的这两位巴人同僚，乾隆年间《巴县志》使用的文字极其简洁、平实，叙述语言冷静、客观，并无特别褒贬，只把事实记下，留待后人辨析："靖难兵至，瑾抗节而死。义复事文皇至宣德，立朝五十年，位尊遇隆，类多唯诺。"（乾隆年间《巴县志·勋业》）

同为人物志，乾隆年间《巴县志》把邹瑾列入"忠义"篇，而把蹇义放在"勋业"篇，各有肯定，以示对历史的尊重。读到这里，我不禁对主持编纂的先辈学者、巴县知县王尔鉴深深佩服，对其"春秋笔法"的要义刻骨铭心。

而与王知县同时代的一位巴渝文士，则对邹瑾给予了更具感性和激情的评价：

第五章
大夏皇宫与戴鼎砌城

先生学以圣为徒,国与偕亡大丈夫。

屠伯暴君无二手,宗亲难免覆巢雏。

——周开丰《御史邹公》

(乾隆年间《巴县志·补遗·艺文》)

通远门、人和门、将军坟、天官府,从七星岗到下半城,众多历史故事和风云人物都站在那里,千百年来,沧桑不改其迹。

通远门

第六章 从佛图关到巴县衙门

佛图关巴渝风雕塑

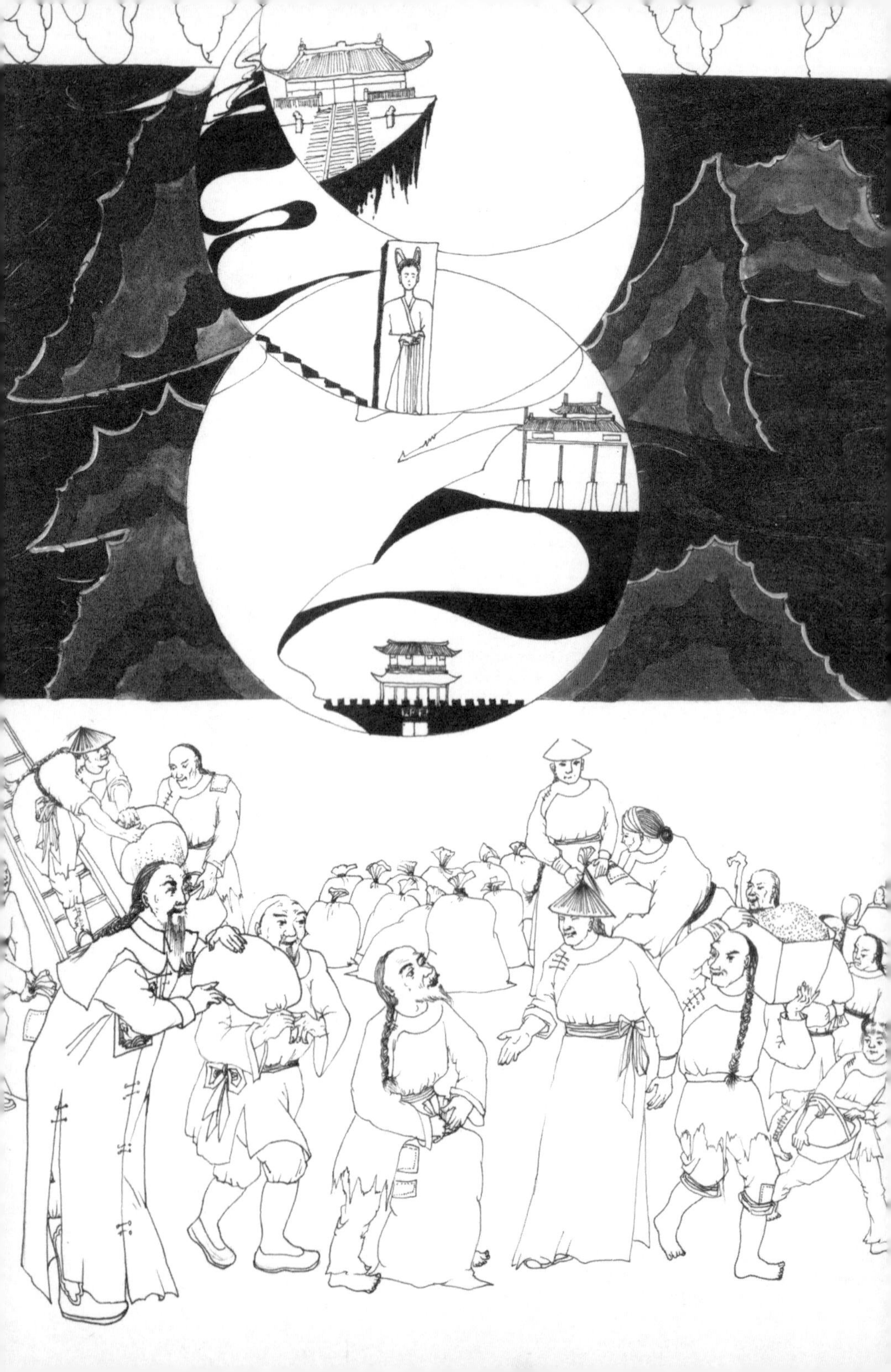

金碧流香

应该说说王尔鉴了。

前面五章引述的重庆史实，大多记录在两部地方志里。一部是晋代《华阳国志》，作者常璩，是一个很严肃的学者，他挖掘的巴蜀历史，填补了正史很多空白。另一部就是乾隆年间王尔鉴主持编纂的《巴县志》。有了他们的权威史笔，重庆人才知道了自己的根在何处，母城在哪里。

王尔鉴，河南卢氏（今属河南三门峡）人，清雍正八年（1730）进士。清朝地方治理实行任官回避制，本省人不能做本省的官，通常是"南人官北，北人官南"。王尔鉴先在山东济宁任知州，乾隆十六年（1751）从济宁知州调任巴县知县。他似乎很乐意来到重庆，喜欢重庆的山水，不喜欢待在衙门里，到任第一年就走遍了各个坊、里（清代基层单位，分别相当于街道、乡），了解县情，并着手编纂县志。

王尔鉴任县令的时候，中国社会处于"乾隆盛世"。盛世修志是中国的传统，通过修志，可以"资政、教化、存史"。而在此之前，巴县所存的书籍、档案，在战乱与火灾中散失殆尽。县境的历史概况，只能到散编在前代的零星文献里寻找，却因年代久远而少有具体细节。

即使那样，看到前人的记述，恐怕任何人都会有一种心惊肉跳的感觉。自明正德至清顺治（1506—1661）的一百五十多年间，重庆府记载最多的是叛乱、起义、战争、火灾、地震、蝗灾以及虎患。仅明中后期较大规模的战争就有播州杨应龙叛乱、永宁奢崇明叛乱、大足蔡伯贯白莲教起义等多起。朝廷军队与叛乱武装和起义军的战

第六章
从佛图关到巴县衙门

争,重庆几乎都是主战场。明末清初的张献忠大西军入川,明将杨嗣昌、清军吴三桂分别进剿张献忠、孙可望的农民军,在四川全境反复进行拉锯战,重庆城更遭严重破坏。当其时,重庆地区疫情泛滥,人口锐减,十室九空,饥饿的老虎也把被人毁弃的城市当成了狩猎场。以下三条历史信息,即使现在读着也触目惊心:

"明万历十五年(1587),有虎入重庆城。"
"清顺治三年(1646),重庆大旱大疫,复有虎患。"
"清顺治五年(1648),重庆大旱,群虎白日出游。"
——《重庆大事记》,重庆市地方志编纂委员会,1989年

每读到此,我都会产生一个疑问,重庆城被两条大江包围,三面环水,老虎是如何进城的?

走城西佛图关啊,那是唯一的陆上通道,我猜所有人都会这么想。老虎会不会也这样想,我猜不出。不过有个成语,"一夫当关,万夫莫开",老虎大概不会想到。佛图关是城西陆路制高点,山势异常陡峭,两边悬崖之下就是长江和嘉陵江。猎人在山顶布个陷阱,拿弓箭和猎刀守住,老虎还敢来送死吗?

然而老虎来了,说明那时山上没有猎人,或者根本就没有任何人,因为战争已经把城市毁掉了,无人再守关。明末清初发生在重庆的重大战事,佛图关都是主战场,因为其战略地位太重要。对此,史籍有清晰描述:

渝城三面抱江，陆路惟佛图关一线耳。壁立万仞，磴曲千层，两江虹束如带，实为咽喉扼要之区。佛图能守，全城可保无恙。

——乾隆年间《巴县志·建置·关隘》

明天启元年（1621）九月，永宁（今四川叙永）宣抚使、彝人土司奢崇明趁后金（清）努尔哈赤起兵进攻明朝，朝廷无暇他顾之机，假借出征援辽之名，带彝兵到重庆驻扎并抢夺军需物资。九月十七日，奢崇明与其子奢寅、女婿樊龙又趁在大较场（今较场口）阅兵之机突然发难，杀死四川巡抚徐可求等人，在城内张贴告示宣布割据自立，国号大梁。之后攻合江，破泸州，陷遵义，围成都，造成全川大乱，民不聊生。割据与平叛之战以重庆为中心激烈进行，奢崇明占据重庆城后，以重兵把守佛图关，与朝廷在地方的守军对抗。

此次平叛之战持续超过半年，朝廷动员了多种军力参与战争，除了四川巡抚朱燮元指挥的朝廷军队，还有重庆周边的土司武装和平民义军。

天启二年（1622）春，合川乡绅董尽伦率领平民义军攻打佛图关失利，董尽伦中埋伏被俘后怒斥叛军祸国殃民，被杀害于牛角沱嘉陵江边一块形似乌纱帽的巨石旁。后人为纪念这位义士，在纱帽石上题刻"董公死难处"及悼亡诗，至今成为一处名胜，在轨道交通二号线牛角沱站就能看见。

与此同时，曾在山海关抗击后金军，立下赫赫战功的著名女将军、石柱宣抚使秦良玉，也率两万子弟兵参与平叛。她与明军配合，先后收复了遵义、桐梓、内江、泸州，解成都之围。之后，秦良玉

第六章
从佛图关到巴县衙门

进军重庆,先后夺取二郎关,屯兵南坪关,最后与明军杜文焕部合力进攻被奢寅占领的佛图关。

战前秦良玉对佛图关做了详尽侦察,深知这道关隘易守难攻,她嘱咐担任先锋的弟弟秦明屏,不可轻敌,必须智取。

四月二十四日,秦明屏与杜文焕合兵突袭,于清晨发起猛攻,一举夺取佛图关。史籍记载的是,"贼大披靡,追杀三千人,两崖俱满,径取佛图关,直逼城下"(乾隆年间《巴县志·艺文·恢复重庆纪略》)。

一个月后,奢崇明叛军被彻底打败,重庆城终于恢复了往日的平静。人们为纪念这次平叛之战,祈望城市安宁,永享太平生活,在佛图关崖壁刻下诗篇以告后人。其中一首如下:

> 东逐西驰岁又深,凯旋驻马漫开襟。
> 三巴兵革龙泉迥,六月风烟雁字沉。
> 关塞自惟怜白发,庙廊谁为暴丹心。
> 良弓鸟尽应无用,缓整鱼竿钓海鲟。
>
> ——民国《巴县志·艺文·佛图关纪事》

但老百姓对和平生活的祈望很快又被打破。崇祯十七年(1644),张献忠率大西军入川,溯长江而上,一路所向披靡,六月抵达铜锣峡北岸,受到明军重兵阻击。张献忠留下佯攻部队,自带一师渡江走南线绕道夺取江津,再顺江而下,分兵在九龙坡和菜园坝登陆,夹击佛图关,攻陷通远门,占领重庆城。之后夺取全川,

119

在成都改元称帝,年号大顺。军事史家把大西军绕道夺取佛图关,赢得重庆之战胜利,称作冷兵器时代一个声东击西的经典战例。

无论朱燮元、秦良玉合力平叛,还是张献忠创造经典战例,佛图关的岩石和草木都是见证者。战争的惨烈留给后人无尽的追怀与反思,激发起珍惜和平、爱护生命、尊重自然的情感。人们在山崖上刻下题铭,凿龛塑像,建起寄骨塔、蚕神祠和夜雨寺,寄托对亡者的哀悼及对和平的祈祷,千百年来也积淀为一种文化传统,其遗迹保留至今。

在巴蜀民间各种神灵信仰中,祭蚕神是一种颇为独特的传统。重庆佛图关上曾经有过的蚕神祠,便是一个鲜明的例证。

蚕神祠在哪里?民国时期《巴县志》有明确记载:"同治八年,归安姚瑾元备兵川东,谋有以利吾民者……招浙之老于蚕事者,种桑于佛图关隙地,亲为饲养,以资取法……又于关内立蚕神祠。"(民国《巴县志·农桑》)

这是说,同治年间的川东道尹姚瑾元,鉴于重庆乡民田间劳作辛苦而收获微薄,从老家浙江归安买来桑树和蚕种分发各州县,鼓励大家种桑养蚕。为解除乡民顾虑,他还请来家乡老农在佛图关开垦荒地种植桑树,并建起一座蚕神祠。

姚瑾元在任五年间,重庆经济发展迅速,百姓生活显著改善,人们便把蚕神祠叫做了姚公祠,祠边的集市也叫做了姚公场。姚公场地名一直保留到20世纪80年代,其具体方位即今肖家湾车站上方,佛图关电视塔村地界。

佛图关蚕神祠塑有蚕神像,俗称"马头娘",还立了一块碑,

碑铭为清咸丰进士、翰林院编修徐昌绪撰写，给予了姚瑾元极高的评价："我公至止，求桑千里。公心其殚，居不遑安。公诚天人，矧人以神。惟公肇功，惟神赐丰。"（民国《巴县志·蚕神祠碑》）

蚕神为何又叫马头娘？其实这与巴蜀民间对蚕桑起源的认识密切相关。

史籍记载，种桑养蚕与刺绣，最早起源于巴蜀。许慎《说文解字》认为，巴蜀的"蜀"字，便来源于蚕的形象："葵中蚕也，从虫。上目象蜀头形，中象其身蜎蜎。《诗》曰，蜎蜎者蜀。市玉切。"

屈原《楚辞·天问》篇，有"禹之力献功，降省下土四方，焉得彼涂山女，而通之于台桑"之问。这恰与《华阳国志》禹娶涂山于江州的记载相印证，上古涂山氏部落也有种桑养蚕的传统。而巴地关于蚕桑起源的故事，流传更广。

相传古时候有一对父女相依为命，后来父亲离家征战多年无音信。女儿思念父亲，许诺谁能帮她找回父亲，她就嫁给谁。她家有一匹马，听到其话，挣断缰绳跑出去，果然把她父亲带回了家，又围着姑娘蹦跳喷鼻。父亲追问女儿，姑娘便把当初的许诺告诉了父亲。父亲听后大怒，说牲口怎么能当女婿？他把马杀掉，剥下皮来晾在院坝。姑娘经过院坝时，那张马皮突然离开地面，把姑娘裹缠起来，变成一阵旋风向山外刮去，最后在一棵树上消散，姑娘变成了蚕（谐音缠）。父亲循风找来，认出树上的蚕正是女儿变的，就把那棵树叫做了桑（谐音丧）。因为蚕的演变与通人情的马相关，人们便把蚕神姑娘叫做了马头娘，虔诚祭祀以保护农桑。

在中国古代，蚕桑业关系到衣食住行中的穿衣问题，其兴盛与衰败，历来是判断社会安宁与否的客观标志之一。什么时候社会安宁，人们就种桑养蚕生活富足；反之则预示着战乱与破坏。佛图关姚公场蚕神祠反映的，正是重庆百姓对战争与和平的反思与祈愿。

佛图关上的另一名胜夜雨寺，也与人们的祈愿与反思有关。

夜雨寺真实存在过，民国时期《巴县志·建置》篇还将其列入了《庙宇表》，标明地点为姚公场。夜雨寺是一座以安魂荐亡、祈祷和平为念而建的佛寺。依托夜雨寺自然环境生成的"佛图夜雨"景观，也成为著名的"巴渝十二景"之一，其名称来源故事也颇有深意。

相传古时候这里并不叫佛图关，而叫"杀场"，被官府判了死刑的犯人，都押解到这里砍头。那时常有冤死者，魂魄不散，夜间哭泣喊冤，每每伴有倾盆大雨，流到地面变成红色泥浆，仿佛鲜血。山下人家听到鬼魂夜哭，看到天降血雨，就知又有冤案发生了。

后来有个新知府，听百姓说起这关崖的怪事，下决心查清案情，弹劾了几个前任贪官，还把刑场迁到珊瑚坝，悬崖上只栽树木花草。之后又在山上建起寺庙，在主殿佛像的眼眶装上了两颗夜明珠。到了晚上，夜明珠把寺庙映如白昼，还把佛祖的影像映到崖壁上。这山上再没出现鬼魂夜哭、天降血雨的怪事，人们于是就把那关崖杀场叫做了佛图关。

为寺庙取名时，僧人们发生了争执。有的提议叫两江寺，有的提议叫佛光寺，还有的说叫明珠寺。僧人们争执不下，找到新知府评断。新知府想了想说："这山上多夜雨，还曾有鬼魂夜哭，天降血雨的事。我看就叫它夜雨寺好了，以后来这里做官的人知道这夜

第六章
从佛图关到巴县衙门

雨寺的来历,也好警醒自己,不能徇私枉法再生冤案。"从此佛图关的寺庙就叫了夜雨寺。

自那以后,每到夜晚清晨,佛图关上下常见细雨霏霏,云雾缥缈,恍若人间仙境。据说唐朝诗人李商隐的《夜雨寄北》,就是在旅居巴地,夜宿佛图关时有感而作。其诗云:

君问归期未有期,巴山夜雨涨秋池。
何当共剪西窗烛,却话巴山夜雨时。

上述佛图关的战事和重庆城虎患以及唐诗《夜雨寄北》,都收入了王尔鉴编纂的《巴县志》。他也把"以史为鉴"当作了自己为官的座右铭。

座右铭,在清代称做"戒右铭"。王尔鉴还有条"戒右铭",刻在巴县衙署仪门内,其辞曰:"尔俸尔禄,民膏民脂,下民易虐,上天难欺。"据说是清世宗雍正皇帝的手书,这位知县借以自律并警示下属吏员。

王尔鉴致力于编写县志,更多的是为县域治理提供借鉴。清康熙以后,大规模战乱止息,社会渐归安宁。朝廷又通过"移民实川"政策,鼓励外省人民入川垦荒,恢复经济,重庆府和巴县才得以重现生机。但百姓生活仍很艰苦,一遇天灾,大面积的饥荒便成为检验执政者良知与能力的考场。

王尔鉴明白这一点,上任伊始,便跑遍全县乡里,督促官吏勤勉务实,尽力为老百姓解决具体问题。很多事情他也自己带头,他

123

曾经捐出俸禄帮助生活困难的贫穷学生，在当时就传为佳话。王尔鉴离任时，巴县县民对这位父母官给予了四个字的评价——"以循廉著"，可谓字字如金。

有一年重庆遭遇特大旱灾，王尔鉴面对旱情也无能为力了，不禁仰天长叹，痛哭出声：

巴之民，叩天公，雨我珠，雨我玉，不如雨我粟。
天雨粟，不可食，不如雨雨与雨雪。
雨雨雨雪粟不竭，胜似苍天雨珠玉。

——乾隆年间《巴县志·艺文·巴民望雨谣》

我想用自己的话来翻译一下王尔鉴当年写的这首歌谣："老天爷啊，我领着我的巴民叩头拜问你：干旱这么久了，难道我们向你乞求过降下珍宝、玉石来发财吗？没有，我们只是希望能有饭吃！你会因为我的祷告而天降稻米吗？错了！那也不是我们所乞求的，因为那样的日子不能长久。与其天降稻米，不如现在就下雨下雪，让我们种下稻谷自食其力吧！啊，你听懂了吗？老天爷啊！"

我没有完全按照字面意思来"硬译"这首独特的歌谣，因为在读到这些诗句时，我的心灵受到了极大震撼。短短四十四个字，竟出现了十一滴"雨"，占了全篇的四分之一。其中九个"雨"字是动词，只有两个字是真正的"雨"，那力度就像九只拳头向天挥舞，要把天上那两滴雨砸下来。二百六十多年前重庆城的这位父母官，与其说在向老天祈求，不如说是代巴民向苍天发出责问。

这首歌谣也感动了无数重庆人,成为重庆古代民谣的代表作之一。

作为县令,王尔鉴为重庆留下的最重要遗产,还是那部乾隆年间的《巴县志》。而这部方志的编纂故事差不多也是一个传奇。

在中国历史上,要编纂一部国家或地方史志,通常都是一项浩大的"政府工程",由朝廷或地方政府组织人力物力进行。而王尔鉴编志时几乎都是利用业余时间,其编纂班子包括当时的政、商、文、教各界名流,也多为义务劳动,且有规矩不得徇私。因而在编纂中,才能公开强调叙事记人直陈事实,公正褒贬,"善善欲长,恶恶欲短……仿史家直笔也"(乾隆年间《巴县志·凡例》)。

引文翻译过来就是:我们褒扬好人,是要使善行得到发扬;抨击坏人,是让那些恶行没有市场。我们所仿效的,正是以"春秋笔法"为代表的中国史官秉笔直书的传统。

从乾隆十六年到二十五年(1751—1760),王尔鉴和他的编纂班子用了十年时间,进行田野调查,收集资料,考证文献,字斟句酌,最后成书。因为缺少现成的资料,编纂人员在收集材料时,凡是有关重庆的记载,哪怕只是断简残篇、一个词一个字都要收录。对文献的考证几乎访遍了县域内的学者、教师、乡村老人、民间隐士、寺庙僧尼以及没有任何官职的文史爱好者,向他们咨询求证。同时还对山川景物、文化遗址进行实地考察,抄录、拓印古墓、古寺、古石刻的文字。有时还要攀悬崖,临深渊,钻山洞,掀岩石,查找蛛丝马迹。后来的重庆地方史籍对此的记载是:"(王尔鉴)

公余，则征文考献，创修县志，十年而成。"（民国《巴县志·官师列传·政绩》）

正是皇天不负有心人。十年沧桑，十年辛劳，王尔鉴和他的伙伴们最终成就了重庆历史上一部堪称辉煌的文化巨著：乾隆年间成书的《巴县志》全书共十七卷，分别叙述了全县的疆域、建置、赋役、学校、兵制、职官、选举、名宦、人物、风土、艺文等内容。

乾隆年间《巴县志·疆域》卷，描述了清代巴县全境的准确范围和山川地形；《巴县志·建置》卷记载了先秦至明清时期的重庆历史发展脉络。而《巴县志·艺文》卷则花了七卷的篇幅，以诰敕、谕令、奏疏、启事、列表、论辩、墓表、志铭、祭文、序跋以及诗词、歌赋、铭赞、人物传记等形式，对重庆本土文化做了近乎无所不包的梳理。全书记录重庆历史文化之功，堪称史无前例。

王尔鉴花十年功夫编纂《巴县志》，还有一个"副产品"，也是他对重庆文化建设的一大贡献，就是对"巴渝十二景"的整理和确定。这十二处自然与人文景观包括"金碧流香"（渝中人民公园）、"桶井峡猿"（渝北统景）、"云篆风清"（巴南云篆山）、"海棠烟雨"（南岸海棠溪）、"华蓥雪霁"（渝北茨竹华蓥）、"龙门皓月"（南岸龙门浩）、"黄葛晚渡"（南岸南桥头黄葛渡）、"歌乐灵音"（沙坪坝歌乐山）、"洪崖滴翠"（渝中洪崖洞）、"字水宵灯"（两江汇重庆夜景）、"缙岭云霞"（北碚缙云山）、"佛图夜雨"（渝中佛图关）。

"巴渝十二景"所在区域，都在清代巴县县域，大致与当今"重

庆主城区"重合，这也给我们留下了再度探索与想象的空间。除南宋抗蒙时期重庆成为四川制置使司即省府，元末成为大夏国都城外，明清以来，重庆地区的三重行政机构——川东道、重庆府、巴县的关系究竟如何，其行政机关设在哪里？乾隆年间《巴县志》指明了线索：

川东道署，在东水门内，府城隍庙左。

重庆府署，在太平门内，元末明玉珍据作伪宫，倚金碧山，为江州结脉处，前开新丰街。

巴县署，在府治右，倚山东向。

——乾隆年间《巴县志·建置·廨署》

川东道，是清朝廷派驻地方的巡抚机构，道尹相当于省级巡抚，对地方施政和军备作巡视监督，虽不直接干预具体事务，却可直通朝廷，对地方官员握有生杀大权。川东道署，老百姓称为道台衙门，今东水门大桥北侧，保留至今的老地名道门口，恰与乾隆年间《巴县志》所说位置相符。

重庆府，相当于地级行政机构，明清时期的重庆府管辖五个县。其府署也称府衙。乾隆年间《巴县志》所说太平门、金碧山、新丰街，三点之间的定位已经描述得十分具体。新丰街，后名新丰巷，在今望龙门解放东路面江一侧，与其相邻的有白象街、下洪学巷。王尔鉴的记述同时也证实了元末大夏国皇宫的准确位置，就在金碧山下的上洪学巷，今新华路长江索道站下方。

而巴县署，即巴县衙门，明清两朝一直没挪过窝，与重庆府相距不远，都在太平门内，背倚金碧山。

道台、府治、县衙，重庆以至整个川东地区的主要行政机构，都集中在东水门至太平门、金碧山至长江边，这南北长约一千米，东西宽不足八百米的地方。此外还有府城隍庙、县城隍庙、试院、宫庙、道观、会馆以及密集的码头、商埠等等。从行政、司法到经济、文化和交通枢纽，"下半城"之于重庆的历史地位，其重要性怎么评估也不为过。王尔鉴因此将其称为"江州结脉处"。

"结脉"是借用中医语汇来描述山水地理形胜的一个概念。古代堪舆学有"山贵于磅礴，水贵于萦迂，富穴必是结脉处，贫穴必是旁边坐"的断语。王尔鉴认为金碧山下、太平门内，重庆府署所在区域便是江州结脉处。

金碧山，现在的重庆城区地图已不见其名，而千百年来它却是这座城市的"第一山"（苏东坡语）。前面序章说过，金碧山就是新华路和人民公园所在之山，古代巴渝十二景之"金碧流香"便因其而来。清代史籍描述了其所在位置的参照坐标：

> 金碧山，《通志》：县城内，汉时分祠金马碧鸡处也。宋淳祐中，制置使余玠因旧址垒为台，曰金碧台……或因台在崇因寺侧，遂谓世尊庄严宝相为金碧，亦无考。明郡守张希召建堂山上，颜曰金碧山堂。乾隆二十四年郡守书敏即台旧址建亭，颜曰金碧。
>
> ——乾隆年间《巴县志·疆域·山川》

这是说，金碧山的得名，在历史上有两种说法，一是来源于金马碧鸡祠，二是来源于山上寺庙里金碧辉煌的庄严佛像。不过，王尔鉴显然更倾向于《四川通志》的说法，其根据便是历代文献和实地考证。

早在汉代，金碧山即已得名，其时这里建有金马、碧鸡祭祀祠。《汉书·郊祀志》亦有记载："或言益州有金马碧鸡之神，可醮祭而致。"汉代的益州即巴蜀地区。三国时刘备进西川，取代刘璋为益州牧，巴郡亦在其中。其后，南宋余玠在此建了金碧台，明清时期两位重庆知府建了金碧堂和金碧亭。这三处以"金碧"命名的观景建筑，紧挨着重庆城内最大的寺庙崇因寺。崇因寺即后来的长安寺，旧址在今重庆二十五中学校园，新华路长江索道站上方，紧挨着的便是青年宫和人民公园。

早年这山上没有那么多房子，自然生态良好，林木茂盛葱郁，四季瀑泉涌流。"俯瞰江城，饮虹览翠，每轻风徐过，馥馥然袭袂香流。"这是明朝隆庆年间重庆知府张希召对金碧山自然景观"金碧香风"的描述。金碧香风为明代渝州八景之一。前面所说的金碧堂，也是张希召的杰作。

乾隆年间《巴县志》将"明渝州八景"进行增删，调整为十二景，川东道尹张九镒特地题诗赞颂，这就是"巴渝十二景"的来历。其中"金碧香风"更名为"金碧流香"，流传至今：

饮虹瞰江水，照出金碧岑。
芙蓉千万叠，爱此一峰深。
岚翠泼高阁，天香吹素襟。

悠然坐缥缈，如入檐葡林。

——张九镒《巴渝十二景·金碧流香》

（载乾隆年间《巴县志·艺文》）

乾隆二十四年（1759）任重庆知府的书敏，是满清贵族、正白旗进士，也是著名书法家。他所建的金碧亭在清代已很知名，他题写的亭额"金碧"二字，也成为众人摹写的书法范本。

金碧山和金碧流香，能够成为重庆城最早的著名景观，自有其道理。山水胜景讲究自然与人文并重，这是自古以来的传统。乾隆年间《巴县志》把"金碧流香"列为巴渝十二景之首，金马碧鸡祠、崇因寺、余玠金碧台、张希召金碧堂、书敏金碧亭等"江州结脉处"的历史遗迹便是依据。

或问，现在这山上已经没有瀑泉涌流了，"江州结脉处"还在吗？

俗话说，山不转水转。瀑布看不到了，但山还在。从长江索道上新街站看过来，北起东水门湖广会馆，南至太平门白象街，其间的深色背景便是金碧山。只是在其轮廓之上，一群摩天大楼成为新的制高点，而金碧山则作为城市基石，把一座新城托举起来。没有它，大楼如何摩天？重庆与平原城市还有什么区别？

我曾有幸与金碧山长期相依。小时候我家距此不远，新华路上的人民剧场、工人电影院、青年宫露天电影场和游泳池，是常去之地。青年宫后来更名为重庆市群众艺术馆，现在那地方是一幢号称重庆城第一高度的联合国际大厦。

第六章
从佛图关到巴县衙门

新华路东侧的人民公园更是最佳"耍坝",我们常在园内玩官兵捉强盗的游戏。公园连通解放碑和下半城,地形复杂,追逐与逃跑都有足够空间。累了困了,还可在溜冰场的看台上躺下睡觉。本书序章里说道,我童年记忆中的第二只鹰,便是躺在人民公园溜冰场的石台阶上看见的,鹰向下俯冲的凶猛样至今让我记忆犹新。

多年以后,我再次来到人民公园,待了近二十年。这次不再是玩耍,而是讨生活了。我成为渝中区文化馆馆员,与一群同道建起文学社,办了文学小报和文学讲习所。

文化馆在人民公园北端,办公室窗下便是那个存在了半个多世纪的溜冰场。馆舍后面的陡峻山崖,正是"金碧流香"瀑泉涌流之所。山崖之上则是市艺术馆和二十五中学,亦即早年的崇因寺(长安寺)。某天在文化馆,我与友人正为一篇小说的修改争论不休,忽然传来中学生清脆悦耳的朗读声,恰如"轻风徐过,馥馥然袭袂香流"。我和友人屏息聆听一阵,便相视一笑,不争了。

昔日金碧山,今日新华路,密集地排列着农业银行重庆分行、民生公司总部大楼、联合国际大厦、轨道交通一号线小什字站,其下还有东水门与东水门大桥、湖广会馆、巴县衙门、白象街以及最新发掘的老鼓楼衙署遗址等。历史进程的标记难以尽数,这或许正是"江州结脉处"之真义所在。千百年来,城脉在此!

重庆城脉什么时候开始从下半城往上移动的?那进程可能很长,容我慢慢道来。

清乾隆年间,饥荒开始频繁考验朝廷与民间,同时也在考验巴地民风一贯的坚韧与血性。

乾隆四十四年（1779），四川遭遇大旱，重庆府受灾尤其严重。一眼望去，只见树木枯死，田土龟裂，赤地千里，粮食颗粒无收。市场上粮价像车轮一样翻滚着飞涨，后来拿钱也买不到了。乡下的人大量死亡，城里街头时有饿殍。

饥荒之缘起除了天灾，也有人祸。乾隆朝虽然经济繁荣，号称"盛世"，乾隆皇帝本人也自诩为文治武功超越前人的"十全老人"，实际情况却是土地兼并加剧、赤贫人口剧增、吏治日益腐败、社会危机四伏。各地的白莲教起义，已经闹得朝廷上下不得安生。

四川的灾情传到朝廷后，乾隆皇帝为安抚民心，紧急诏令地方州县"发仓平粜"。就是让地方政府动用官仓储备粮，平抑物价助百姓度荒。

巴县百姓纷纷围到县里官仓等待放粮，心情既急迫又担心，概因前任知县是个恶吏，屡有刁难百姓、关押拷打的劣行，还瞒上欺下。迟迟不开仓放粮，终致民怨沸腾，一些里坊发生了哄抢粮仓事件。

朝廷派来负责监督赈灾放粮的监司听说有人哄抢粮仓，不问青红皂白，下令逮捕闹事者。命令传到巴县衙门，却受到了抵制，新任知县徐鼎亨拒绝派衙役对付灾民。

徐鼎亨，江苏阳湖人，乾隆三十一年（1766）进士，来重庆前在朝廷和地方都任过职，见过各种世面。他知道依靠武力来对付饥民，往往适得其反，加剧官民对立。对于今年灾情，他也去乡下做过调查，心里有数，便前往府署向监司陈情，请求撤销逮捕命令。

一个小小县令竟敢当面跟朝廷钦差唱反调，监司不禁大为恼火。但看他是个外省人，操一口吴侬软语，说话却柔中带刚，并无

一丝畏惧，便嘲讽地说："我知道你是本朝进士，皇上都倚重的书生。但任由暴民造反，对抗朝廷，我无法向上交差，你的官帽怕也难保吧，徐进士？"

徐鼎亨对监司的讥讽毫不在意，直陈自己的观点："监司大人把巴县百姓看作造反的暴民，恐怕不妥。我了解本县的灾情，乡民饥饿已久，哄抢粮仓也是迫于无奈。监司大人既令本县负责处置，鼎亨责无旁贷。大人若信得过我，请把发仓平粜谕令授予我，鼎亨定让本县平静下来。如果做不到，大人尽可拿我问罪，坐牢杀头我都认！"

监司听这说话语气，跟传说中的巴蔓子将军差不多，暗想这巴地民风彪悍，连外省官员也受到影响，真是不可小觑。便不再多说，让徐鼎亨拿了谕令去对付饥民。

徐鼎亨把朝廷谕令抄写十多份，在县衙和各大城门张贴出来。又去遭到哄抢的乡里粮仓与灾民对话，推心置腹恳请他们一道共渡难关。老百姓看见徐知县说话恳切真诚，都积极配合，全县"发仓平粜"秩序井然。

之后，徐鼎亨又带头吃糠咽菜，跟大家一道开荒种红薯。"首善之区"巴县稳定了，整个重庆府都平静下来，很快便迎来了丰年。

后来，徐鼎亨被朝廷擢升离开了重庆，巴县百姓特地为他立一块德政碑，以示尊敬怀念。民国时期《巴县志》记载，"鼎亨既去，巴人为立碑祀于社"。

这里的"社"就是社稷坛，乾隆年间《巴县志》记载的位置是"治东，坐南向北"，即今太平门内巴县衙门遗址东边。

德政碑，也叫德政去思碑，明清两朝各地都有，原本是百姓对为民做好事者的自发表彰，却难免鱼龙混杂，乾隆时期尤其突出。一些官员与豪绅搞利益交换，豪绅得了好处，就出钱为官员树碑，文过饰非，搞得很泛滥了。这事反映到朝廷，乾隆皇帝一怒之下，诏令全部拆毁，还派出钦差大臣督办此事。这本来是好事，不过一刀切的做法却有点不得人心。

话说钦差大臣拿着朝廷诏令，带着差役来巴县衙署拆徐鼎亨碑，到现场却受到市民阻拦。很多乡绅、耆老和文化人也赶来保卫这座碑。

有个七十多岁的老皮匠对钦差说，徐知县是个什么样的人我很清楚，他来我的皮匠铺补过鞋。他穿粗布衣，吃糙米饭，上面官员来了，他从不送礼，招待吃饭没有八大碗几大盆之类。他断案公道，从不搞逼供，打官司的人都服从判决。我们为他立德政碑，是真心佩服，假使你们硬要砸碑，那就先对我来，"必毁是，吾头愿与碑俱碎！"（民国《巴县志·官师列传·徐鼎亨》）

老皮匠的话得到了众人齐声呼应。钦差大臣领教了巴地民风，只好放弃拆碑，回奏朝廷说，徐知县深得民心，若执意毁碑恐惹民怨。乾隆皇帝最终收回成命，让徐鼎亨德政碑作为例外保留了下来。

清代乾隆朝很多方面是个矛盾体，盛世繁华与灾变衰败之象都在同朝出现。这样的矛盾现实，王尔鉴在重庆十年期间，可能没有想到过。他的《巴县志》也没有这样的记载和预见，倒是兴致勃勃地记录下当时巴县县衙曾经的历史、规模等状况：

明末毁于兵。康熙六年，知县张柟重修头门三间，仪门五间，左右角门三间，科房十八间，大堂三间，卷棚三间，二堂三间，两厢房六间，左厅四间，对厅三间，三堂五间，两厢房四间，西书房上下八间，厨房五间。乾隆十六年，知县王尔鉴于署左山上建望江书屋五间，二堂右建房三间，三堂右上下建房四间。二十三年大火共毁四十九间，知县王尔鉴重修并建旌善、申明二亭。

——乾隆年间《巴县志·建置·廨署》

如此规模的县衙，在王尔鉴之前是否出现过，他没有资料比较。甚至对于自己脚下这块土地曾经发生过的，影响中国以至世界若干年历史进程的大事，也没有具体感受。他不知道南宋四川抗蒙战争统帅府，就在他每天坐镇的巴县衙署地下，更不曾想到当年的宋军将领和前辈政务官余玠、王坚、张珏也曾与他一样，曾经进出这衙署为民操劳，而自己却与前辈们擦肩而过。

这当然不能怪他，王尔鉴之后的继任者，以至近现代重庆人，说到那段故事，也都语焉不详。直到余玠去世七百五十七年，王尔鉴修成《巴县志》二百五十年后，由渝中区解放东路发出的一则消息，随着互联网的电波，瞬间传遍全国考古界。

前已述及，2010年京渝两地的专业考古队，把巴县衙门地块一处规模宏大的古城遗址发掘出来，考古学界将其命名为重庆老鼓楼衙署遗址。遗址中间那座工艺严谨、风格古朴的高台上，烧刻着"淳祐乙巳西窑城砖""淳祐乙巳东窑城砖"字样的大型方砖，确凿地证明南宋理宗淳祐年间（1241—1252），四川安抚制置使兼重庆知府、著名将领余玠曾是这里的主人。当年正是余玠在此指挥全川军民抗击蒙古军队进攻，取得十多次大战的胜利，实现了"假我十年还朝廷一个完整巴蜀"的承诺。

原来乾隆年间受到重庆人格外敬重的巴县知县王尔鉴、徐鼎亨，冥冥之中每天都在与五百年前的前辈交流，并从坚韧、刚直的榜样中获得力量。

2018年，当我于绵绵秋雨中走进巴县衙门重庆老鼓楼衙署遗址，立即被一股扑面而来的古文化气息所笼罩。其时保留已久的巴县明清县衙大堂，经过维修重新展现出巴渝传统山地建筑的风采。而宋代城址上的沟堑、砖石和那座高台，仍然保留着当年余玠统帅部的格局。只是王尔鉴所记录的那些头门、仪门、角门、科房、卷棚、厢房、左厅、对厅、二堂、三堂、书房、厨房以及他亲手修建的望江书屋和旌善亭、申明亭，已不见踪影。

不过，巴县衙门和老鼓楼衙署遗址，仍然为我们留下了想象的空间。那一瞬间，我恍然看见这座城市的无数先贤，穿越时空向我走来。拱手作揖之后，又携起我手，走上"淳祐乙巳"年留下的那座高台，和乾隆二十三年（1758）大火后重建的巴县大堂，背倚依然巍峨的金碧山，远眺从容流淌的长江水，指点千古江山，论说历史风云。

是的，这座城市千百年来的根基一直都在这里，这方土地坚韧不拔的品格从来没有改变，今后也不会改变。

第七章 从湖广会馆到长安寺

湖广会馆禹王宫

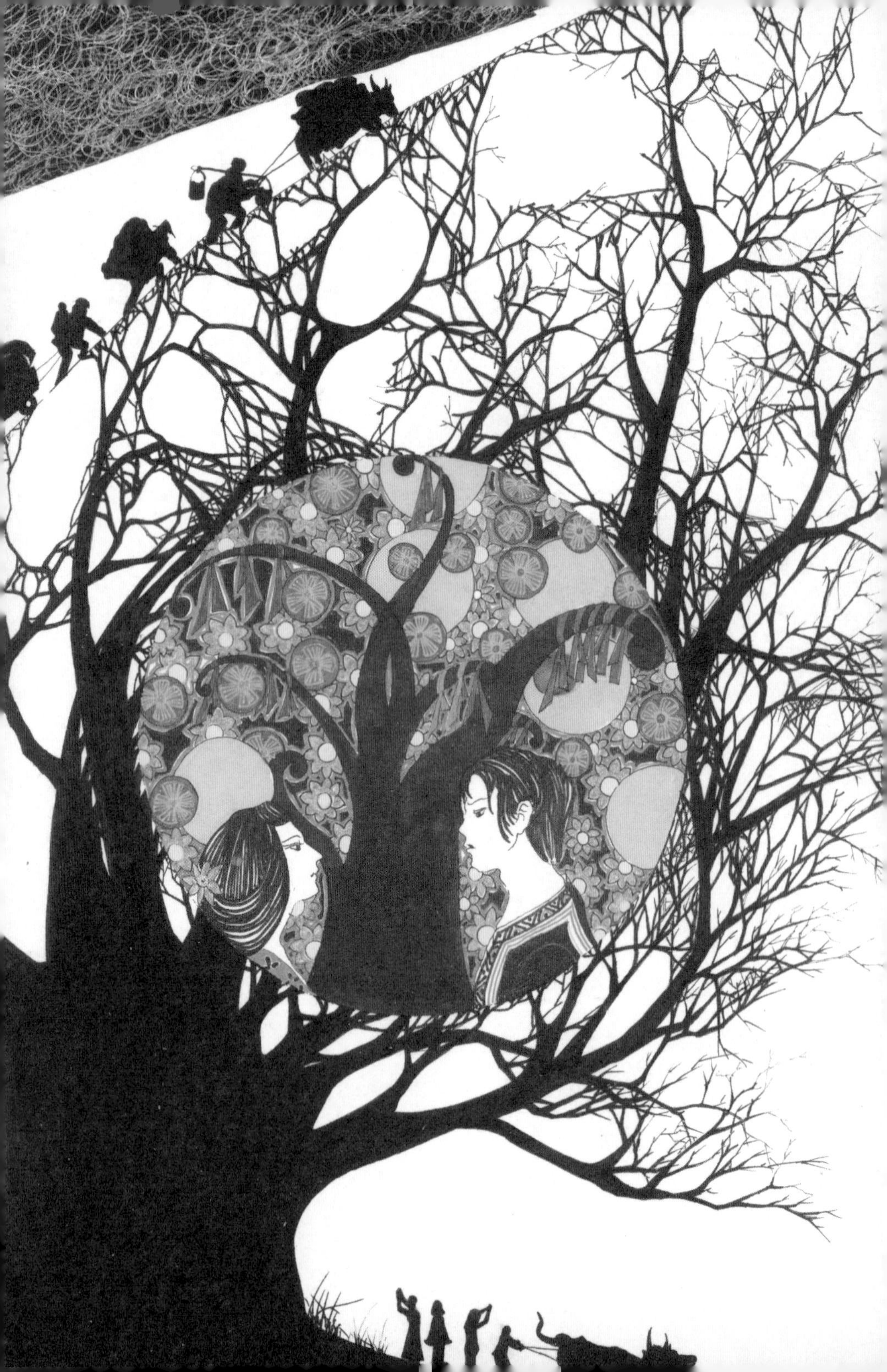

长滨路

2006年5月25日，国务院公布第六批全国重点文物保护单位，东水门城墙内的湖广会馆建筑群名列其中。我想起多年以前，与那位图书馆的朋友一起踏访老城墙，也走进湖广会馆去看过，希望能发现点什么宝贝。结果大失所望，没有看到规模宏大的宫殿楼宇，也没有看到精美的宝塔和雕刻，有的却是几十家居民在古建筑的框架下隔墙为屋，垒灶为炊，一片拥挤杂乱景象。被煤烟和油烟熏过的木柱和屋檐，看上去斑驳腐朽，东拉西扯的电线乱如蛛网，很多古建构件垮塌不存。

不过，当我们沿会馆围墙外小巷走到高处，回望那一片连一片的灰瓦屋顶、方形天井、翘角飞檐和造型奇特的镇脊兽等等，心头不禁为之一震。与会馆周围仓促修建的高层建筑、喧闹嘈杂的市井之声相比，湖广会馆那种沧桑、沉稳、宁静、低调的状态，仿佛一位饱经沧桑的长者，即使端坐无言，也透出一种智慧和深邃，让人心生敬仰，期望与之促膝交谈。

十多年后，湖广会馆经过修复，最终以全国最大古代会馆建筑群的面貌，重新展现在世人面前，我也迫不及待地想去一睹它的风采。凑巧的是，《重庆日报》文化副刊部恰在那时向我发出邀约，写一篇关于湖广会馆的文章。我再次走进会馆，近距离触摸它的脉搏，听它讲述前世今生的故事，采写完成《湖广会馆修复纪实》一文，刊载于2006年6月26日的《重庆日报》。

湖广会馆首先见证的是一段朝代更替和移民迁徙的历史。

前已述及，明末清初巴蜀地区遭遇了长达四十年的战乱。到清康熙二十年（1681）战争结束时，全川人口大减，十室九空，城市

第七章
从湖广会馆到长安寺

毁坏，老虎昼行伤人。其时重庆府所辖各县总人口不足三万。清政府为恢复被战争毁坏的四川经济，自康熙至嘉庆的一百多年间实行"移民实川"政策，鼓励湖南、湖北、广东、福建、江西、陕西、山西、浙江等人口密集地区人民入川垦荒，史称"湖广填四川"。

重庆湖广会馆移民博物馆的一道清康熙诏令，说明了当时的朝廷政策：

奉天承运，皇帝诏曰：朕承先帝遗统，称制中国，自愧无能，守成自惕。今幸四海风同，八荒底定，贡赋维周。适朕顾也，独痛西蜀一隅自献贼（张献忠）以来，土地未辟，田野未治，荒芜有年，贡赋维艰，虽征毫末，不能供在位之费。尚起江西、江南助解应用，朕甚悯焉。兹据御史温卢等奏称，湖南民有毂击肩摩之风，地有一票难加之势。即着该部饬行川省湖南等处文武官员知悉，招民徙蜀，凡有开垦百姓，任从速往，毋得关隘阻扰，俟之年外，奉旨起科。凡在事官员招抚有功，另行嘉奖。钦此。康熙三十三年九月初七日。
　　——录自重庆湖广填四川移民博物馆馆藏文物

史籍显示，这样的诏令，在之前和之后发出过多次。康熙也算直率，在诏令里直言实施此政策的终极目的，是为了征税，以"供在位之费"。而这项政策的客观效果，则有利于民生。为鼓励各地移民入川，清廷实行宽松的土地政策，由移民群体量力而行，自由开荒，先占先得，称为"插占为业"。

通常的情况是，先到的移民得到肥沃平旷的田土，后来者落脚

141

贫瘠山地与边鄙之处。好在巴蜀大地足够宽广，移民群体的初始财富和劳动技能差别不大，乡亲之间又有相互提携的传统，"移民实川"政策并未造成太大的贫富悬殊和社会动乱，致使全川人口迅速增加，经济恢复，"天府之国"景象得以再现。

到清嘉庆二十五年（1820），"重庆府有口 3017957，面积 29700 平方公里，密度为每平方公里 101 人"（《重庆大事记》，重庆市地方志编纂委员会，1989 年）。即自康熙二十年（1681）以来的一百四十年间，重庆总人口增加了一百倍。

至今四川和重庆本地居民回忆本姓家族历史，大多仍会追溯到几百年前那场规模空前的移民运动，并颂扬先祖的开拓之功。现存湖广会馆移民博物馆中的数十部家谱，也为当代读者保存下来最初的记忆。

奇特的是，时至今日，很多重庆人在追溯自己的祖籍时，都会异口同声地说，老家是湖北麻城孝感乡，且有家谱为证！

完整的家谱保存不易，多数家庭早已难觅最初的家谱。相对而言，很多移民人家把入川始祖与家庭谱系编成"世系诗"或"字辈诗"记下来，传承一二十代也较常见。记得小时候父亲也让我背过我家的"字辈诗"："应国传世昌，宗开万祚延，长生金木水，火土配贞全。"孩提时背起来佶屈聱牙，多不喜欢。慢慢习惯，便觉得押韵上口，其中还寄予了先辈们某种家国情怀以及对美好未来的向往，也颇有趣。

不过，说到先辈移民入川的记忆，多是艰辛与荒诞。譬如说当年湖广地区对清军反抗激烈，凡在前朝打过仗的人家都被强令迁离

第七章
从湖广会馆到长安寺

原籍入川。还用绳索把双手反绑在背后行走,习惯成自然,所以川人多喜欢背着手走路。到吃喝拉撒时才把手上绳子解开,所以川人又把拉屎撒尿说成"解手"。

艰辛与荒诞之外,自然也有温馨与浪漫。

早年湖广会馆里有一棵古金橘树,枝繁叶茂,树形挺拔,金橘果形十分好看,人们都很喜欢。相传广东佛山有对青梅竹马的恋人,双方家庭都加入了"移民实川"的队伍。到得四川夔州府,队伍分成南北两支,两家各随一支。这对恋人分别在即,不知今生能否再见。那边赶路催得急,小伙抓耳挠腮,一时没了主意。倒是姑娘神色镇定,语气坚定地说:"人走散了不怕,只要心不散,总会有办法!"说罢在包袱里翻出两条红丝带,一条赠小伙,一条自己留下,说这就是今后寻找的信物。

小伙感动之余顿生灵感,告诉姑娘:"听说重庆府有个湖广会馆,等入川落户后,我们就去那里相聚。谁先到谁就留下这条丝带,等后到的人来。"说罢还立下誓言,一定会先到那里,不能让姑娘等。哪知事不凑巧。两人分手后,姑娘跟着父母在重庆黄桷垭落了户,小伙一家则跟着另一支移民队伍,一路走到了保宁府(今四川阆中)。

姑娘等家里安顿好,便向父母禀告缘由,由兄长领着在龙门浩乘船过江找到湖广会馆,把自己的红丝带系在一棵金橘树上,守在树下等候。一连等了七天,不见小伙前来。见兄长的脸色一天比一天难看,姑娘只好离开会馆跟兄长回家。又担心系在树上的信物被别人拾去,便把红丝带缩成一个心形的结,让兄长爬上树放到最高

143

的树杈上。姑娘心头许下一个愿，让那"心结"代替自己，等小伙七七四十九天。

　　皇天不负有心人。就在姑娘许愿后的第四十九天，小伙从保宁府千难万难地赶到了湖广会馆。他把禹王宫里里外外找了个遍，没看到丝带，最后才发现那棵金橘，高高的树杈上，有个心形的"鸟巢"似乎与其他鸟巢不一样，在阳光下闪出红色光芒。小伙从树上摘下一个金橘，向树杈掷去，"鸟巢"应声落下。小伙双手接住一看，正是姑娘那条红丝带挽成的心形结。小伙解开"心结"，看到姑娘写在丝带上的地址，按迹寻去。两人终于相见，姑娘的心结也真正解开了。

　　金橘与心结的故事传开后，人们便说那金橘树是观音菩萨种下的，代菩萨回应人们的许愿。有什么愿想，写上丝带挂上树枝，让亲友讨颗金橘打下许愿条，愿望就能实现。久而久之，"打金橘解心结"就成了禹王庙会一种传统仪式。直到今天，禹王宫前还有早年种下的金橘树。

　　这个颇具传奇色彩的移民故事是否真有其事，没有人去考证，但其反映的移民与会馆之间相互依存的关系却是事实。史料显示，各省移民不忘故土，在初步站稳脚跟，有了一定经济基础后，便在重庆城的主要通商口岸修建会馆，借以"迎神庥，联嘉会，襄义举，笃乡情"。移民们借此共同祭祀祖先，联络同乡感情，帮助纾困解难，以利在异地他乡生存发展。

　　乾隆年间《巴县志》记载，清康熙至乾隆二十五年（1760）之前，重庆城已有六大会馆，分别是陕西会馆、福建会馆、山西会馆、江

南会馆、湖广会馆、浙江会馆。那之后又修建了江西会馆、广东会馆（广东公所）。八大会馆集中在朝天门、东水门、太平门、储奇门、南纪门，沿长江一带，正是后来所称的"下半城"。

康熙六年（1667），朝廷将江南省拆分为江苏、安徽两省。重庆江南会馆名称不变，仍由两省移民共用。湖广会馆也一样，雍正元年（1723），湖广省分成湖北、湖南两省，湖广会馆仍保持原名。光绪年间，云南、贵州在重庆的客商和移民修建了云贵会馆。至此，全国十二省移民在重庆共修建了九个会馆，人们习惯上仍称"八大会馆"。

会馆同时也是寺庙，分别供奉各省民众最崇敬的神明，以祈求保佑远离故土的移民。清朝前期所建六大会馆的最初功能就是祭祀，巴县知县王尔鉴因此将其列入"寺观"章，插在城内其他寺庙中叙述：

三元庙，在朝天门内，即陕西会馆。

天后宫，在朝天门内，即福建会馆。

万寿宫，在东水门内，即山西会馆。

准提庵，在东水门内，即江南会馆。

禹王庙，在东水门内，即湖广会馆。

列圣宫，在储奇门内，即浙江会馆。

——乾隆年间《巴县志·建置·寺观》

据当代民俗专家彭伯通早年实地考察：湖广会馆祭祀大禹，江西会馆祭祀斩蛟除害的许真君，福建会馆祭祀莆田天妃（即保佑渔民的妈祖娘娘），广东会馆祭祀禅宗六祖惠能，陕西会馆、山西会馆祭祀关羽。江南会馆祭祀关羽，也祭祀佛教密宗的准提（意为清静）观音；浙江会馆初祀伍子胥、钱镠，后专礼关羽；而云贵会馆不是庙，却祭祀黑神。

　　这说明各省移民祭祀的神灵，既受原籍文化的影响，也在生存中不断发展变化，以适应新的文化土壤。"黑神"是滇黔两省的本土神，相传主管风雨雷电，云南昭通、贵州贵阳等地多有黑神庙。关羽是山西运城人，运城的风陵渡黄河对岸就是陕西潼关，两省都把关羽当主神祭祀自有其根源。江苏、浙江远离中原，乾隆年间江南会馆准提庵有观音菩萨，未必有关羽。伍子胥和钱镠于古代浙江有大功，历来是本土崇拜对象，浙江会馆后来专祀关羽，是因为关羽在清代已经成为全国民众普遍信仰的神，与孔子并称文武二圣。重庆城内也有文庙和关庙，"府文庙在治西北，县文庙在治东北。关帝庙，治西北杨柳坊"（乾隆年间《巴县志·建置·祀典》）。

　　祭祀对象的变化，正是移民原籍信仰与重庆本土文化融合的例证。

　　一代又一代，移民的省籍意识逐渐淡化，都成为重庆人了。"八大会馆"的功能也更多地转向商业关系调整，维持市场公平，成为各行帮、公会的办事机构。会馆建筑保留下来，也成为重庆城市发展史的标志性纪念。而规模最大的湖广会馆，则以经典的建筑艺术形式把这段移民史及重庆社会经济的发展转变历程记录下来，同时也保存下城市的重要文脉。

第七章
从湖广会馆到长安寺

　　湖广会馆建筑群由禹王宫、齐安公所、广东公所三大会馆组成。广东公所，即广东会馆，又名南华宫，始建于清乾隆后期，嘉庆年间（1796—1820）进行了改建，为典型的岭南风格建筑。大门上"广东公所"石牌匾，是嘉庆年间的实物。2000年9月9日夜降大暴雨，会馆山墙垮塌一半，石牌匾从大门上方掉下来，把地面砸出个大坑。渝中区文管所把几百斤重的石匾抢运回所里保存了五年，人们才得以在修复后的会馆看到那块珍贵的石牌匾，欣赏到那四个立排阴刻的"广东公所"古隶大字。

　　齐安公所在广东公所下方，禹王宫南侧。其正殿屋脊横梁上字迹"嘉庆丁丑孟春月穀旦立，光绪己丑岁黄州阖府重建"，说明其始建于清嘉庆二十二年（1817），又在光绪十五年（1889）重建，至今保存完好。齐安公所不在"八大会馆"之列，八大会馆是省级同乡会馆，齐安公所则是由湖北黄州移民修建的会馆。黄州是黄冈的旧称，南朝时为齐安郡，北周以后始有黄州之名，今为湖北省黄冈市。黄州与麻城毗邻，也是"湖广填四川"的发起地和转运中心。齐安公所紧挨着禹王宫，是湖广会馆核心区的一部分。

　　禹王宫是湖广会馆的主殿，祭祀大禹。大禹是水神，在长江流域最受尊崇。沿江各地，大至州县，小到乡镇，禹王庙多不胜数。湖北、湖南紧邻重庆，经济形态和文化习俗最为接近。重庆的大禹庙遗迹和禹娶涂山氏的传说，湖广移民毫不陌生，倍感亲切。湖广会馆完整保留至今，有其自身的逻辑。

　　20世纪90年代，重庆修建的第一条滨江路推进到东水门附近，按城市总体规划，要在东水门位置修建朝天门隧道，连接长江滨江路和嘉陵江滨江路。设计的隧道引桥将穿过湖广会馆核心区，并拆除大部分看上去已经破烂不堪的老建筑，包括东水门城墙。这需要相关文物保护单位签署意见。

市、区文化主管部门坚决要求修改设计，为两处古建筑留下足够空间。长滨路是市级重点交通工程，工程预算已纳入市、区财政计划，要保留湖广会馆和老城墙，需把隧道引桥改为高架桥，隧道距江面的高度也要相应抬高。工程预算至少要增加一千五百万元，原定工期被延误也会打乱其他经济建设规划。市领导现场办公，当即拍板："好几百年好多代人留下来的城市文脉，最后在我们手上毁掉，那啷个要得？该花的钱还是要花。"

滨江路建设方案最终做了重大调整，长滨路从东水门下方延伸到朝天门汽车站；朝天门隧道引桥改为高架桥，从东水门古城墙和湖广会馆建筑群之间擦身而过。重庆城两处标志性的古建筑得到了保护和修复。

当年那些远离故土来到这里的十二省移民，更在乎如何在异地求生过程中，得到故乡神灵的庇佑，按照自己习惯的方式抱团克难，创造新的生活。

清康熙年间，湖广移民为加强本省民众的凝聚力，完成了禹王宫修建，在每年正月择日举办禹王祭典。到乾隆年间，正月祭典发展为禹王庙会，每年举办两次，正月十三和六月初六。

禹王祭祀大典也有成形的规制，由德高望重的会首主持。湖广会馆档案记载，从乾隆三年（1738）第一任会首邓伯高以来，相继有乾隆五十七年（1792）欧鹏飞、嘉庆十二年（1807）李如山、道

第七章 从湖广会馆到长安寺

光十九年（1839）韩庆余、民国五年（1916）曾大芳、民国二十七年（1938）孔庚，分别担任会首主持大典。这期间，民国十八年（1929），首任重庆市长潘文华，亦曾主持过禹王庙祭祀大典。

最隆重的一次禹王祭典，是清嘉庆二十一年（1816）的正月祭。正月十三那天，重庆知府林培厚与湖广会馆客长曾大芳率巴县士绅，在禹王庙举行大禹祭祀典礼。消息传出，全城的人纷纷前往参加。会馆周边的顺城街、平街子、撬脚巷、黉学巷（今洪学巷）等处车水马龙，拥挤不堪。禹王祭典影响持续扩大，其后各地禹王庙会也多在正月十三日前后举行，成为重庆府及川东各县的传统。这个传统在湖广会馆修复后，自2006年起，禹王庙会和祭祀大典也得以恢复。

除祭祀大禹外，庙会活动还包括地方戏曲演出、民间工艺展览、风味美食竞赛以及问祖追根、寻亲访友等交流活动，十分热闹。最有趣的，便是由那对移民恋人故事演变而来的"打金橘解心结"游戏。

除了举办庙会祭祀乡土神明，凝聚同乡移民外，八省会馆还兴办教育培训，传播经济社会信息，调解商业纠纷，以帮助乡亲更快地适应环境。近代以来，封闭的国门逐渐被洋货、洋教、洋枪、洋炮打开，重庆成为早期通商口岸之一。地处水陆码头的八省会馆，也成为重庆民众接触外界信息、迎接新挑战和新机遇的窗口，并成立了八省会馆联合机构——八省移民公所，简称八省公所。其办公地点设在大梁子（今新华路）长安寺内。

我不得不再次提到已经消失不存的长安寺，实在是因为很长一段时间里，它是重庆城的一个建筑"地标"。一来因其占据着城市制高点金碧山（主峰在今长江索道新华路站上方，重庆二十五中及原市群众艺术馆位置），二来也因其曾经见证过多次历史事件。

长安寺本名崇因寺。明代曹学佺《蜀中名胜记》有记，"相传崇因寺前居民屋内有洞与此（治西长安洞）相通，故崇因寺亦谓之长安寺也"。人们所说长安寺的位置，正是乾隆年间《巴县志》描述过的崇因寺，始建于北宋熙宁元年（1068），明清时期都进行过重修。乾隆时期的寺庙环境布局极富特色：

崇因寺，在治北……牌坊"第一山"三字相传苏东坡书。天顺二年，钟铸渝城八景诗，年久字剥，惟"龙门浩月"一首可考。成都守冀应熊题"眼里山河"匾，重庆守陈邦器题"龙天法界"碑。

——乾隆年间《巴县志·建置·寺观》

"天顺"是明英宗的年号，天顺二年即1458年，其时明朝正处于安定繁荣时期。重庆也无战乱灾变，经济文化得到发展。人们有了欣赏"渝城八景"的雅兴，还有相关诗歌流传，崇因寺因此铸钟铭记，成为后世欣赏"巴渝十二景"的先声。

而成都知府冀应熊和重庆知府陈邦器均为清初顺治、康熙年间人，陈邦器还有"潇洒和易，政尚宽平"的官声。两人的书法均被后人奉为墨宝，崇因寺因而收藏他们题写重庆的字匾和字碑，与苏东坡所题"第一山"牌坊并列。

长安寺"以假乱真"地取代崇因寺，除了历史记载的寺名混淆外，恐怕还与时代变迁导致寺庙功能的演变有关。

第七章
从湖广会馆到长安寺

一直以来，崇因寺（长安寺）占据城市制高点，地理位置突出，香火旺盛，为重庆城内首屈一指的佛教殿堂。也因其位置接近两江码头，往东去长江，往西去嘉陵江，往北去朝天门沙嘴码头，都很便捷，于是逐渐成为官府和商务船运代办处。八省移民公所买下该寺部分房产，设为办公机构，各地来渝客商也认此为长安寺，一来叫着方便，二来图个吉利。正是在此期间，崇因寺的宗教功能逐渐被社会经济功能取代，以至后来人们只记得"长安寺"，而将其本名忽略。

经济发展，商业繁荣，加快了社会习俗演变，也带来了观念与信仰的转变。《巴县志》记载，乾隆时期，重庆"城内"（渝中半岛城墙以内）有佛寺和道观二十五座，"关厢"（城墙外至嘉陵江、长江边）有寺庙十二座。还不包括文庙和关帝庙等儒家庙宇，因为"二氏之学，儒者合非之"，千百年来，作为主流意识形态象征的儒家庙宇，不屑与佛道二教为伍。

除了城内和关厢，巴县县域内，还有江北镇（即江北城）及忠、孝、廉、节、仁、义、礼、智、慈、祥、正、直等各个里坊的寺庙共二百二十九座。正所谓，"巴无里不山，无山不寺。自城逮乡，禅林道院几不胜书"（乾隆年间《巴县志·寺观》）。

然而进入19世纪，尤其在鸦片战争以后，重庆城的寺庙随着近代化进程逐渐减少。编成于民国二十八年（1939）的新《巴县志》统计，清末民初，除开文庙、关庙、城隍庙、禹王庙等儒家传统庙宇，重庆城（城内、关厢及佛图关以内）佛教和道教寺庙只留下不足二十座。

原为重庆城第一佛寺的崇因寺（长安寺），便是在这样的背景下，逐渐失去影响力。其后该地块被欧洲传教士看中，大梁子金碧山之城市轮廓顶端，险些被天主教堂的十字尖顶刺破。

欧洲传教士入川传播"天主福音"早有先声。民国时期《巴县志》记载："天主教至四川省以法国人梁宏仁、毕天祥等为最早，相传在清康熙间初于定远坊杨家十字建天主堂，至咸丰十年重建。"（民国《巴县志·教案》）

咸丰六年（1856），法国传教士范若瑟到重庆真原堂（今渝中区五四路中英联络处旧址），就任法国天主教外方传教会川东南教区牧首（主教）。咸丰十年（1860），第二次鸦片战争爆发，英法联军打进北京城，火烧圆明园。清政府被迫妥协，与法国签订《中法北京条约》，其中明定"法国传教士在各省租买田地及建造自便"。

同治二年（1863），范若瑟主教取得重庆地方当局许可，购得长安寺八省公所地块，拟建天主教堂。正月二十四日，范若瑟带领雇用的民工进入现场拆房，获知消息的重庆市民数百人聚集长安寺，阻止拆迁。市民用重庆方言斥责洋教为"洋污教"。这三个字后来成为形容不讲道理乱订规章的重庆俗语，以此批评某种"乱来"行为。范若瑟见众怒难犯，只好放弃拆迁，撤出现场。

当天下午，怒气未消的市民前往蹇家桥（今渝中区五四路），捣毁了始建于道光二十四年（1844）的天主教真原堂。

第二天，民众又捣毁城区内多处与天主教有关的商铺，导致中法外交纠纷。朝廷钦差和川东道尹为息事宁人，出面协调并担保，八省移民会馆的会首集资赔偿法国教会白银二十万两，让其另建教

堂。长安寺仍由八省会所管理使用。此即史籍所称的"第一次重庆教案"。

光绪十二年（1886）五月，英美教会在重庆交通要冲之地鹅项颈（今鹅岭公园）、铜锣峡、丛树碑修建教堂，再次引燃重庆反洋教抗议之火。愤怒的民众捣毁了城内及南岸、江北的教堂。天主教徒罗元义寻机报复，指使歹徒打死打伤多人，市民与教会矛盾进一步激化。全城商人罢市，学生罢考，城内外教堂均遭捣毁，外国传教士逃离重庆，引发更严重的外交纠纷。最后由四川总督刘秉璋出面处理，分别处决暴力事件双方为首者罗元义、石汇，赔偿教会白银三十万两。史称"第二次重庆教案"。

此后，西方宗教进一步发展，"甲午战争前，重庆已是教堂林立，处处均有司铎，住居既久，入地自熟"（民国《巴县志·教案》）。

进入20世纪，又有美国基督教卫理公会教堂（磁器街，1900年）、德国天主教堂（曾家岩，20世纪初）、美国路德会救主堂（南纪门，抗战时期）等在重庆城及川东各地兴建。

与此同时，重庆城内的佛教寺庙和道观则大量减少，最后只剩下罗汉寺（原治平寺）、能仁寺、归元寺、东华观等屈指可数的寺观，更与乾隆时期多达三十七座寺观的规模相距甚远。

再说长安寺。在教案争端之后，长安寺继续维持寺庙与公用建筑兼具的功能，但也日益衰落。抗日战争时期，长安寺被日本飞机炸毁，寺庙再未重建，该地用作货运仓库和警察巡逻设施。新中国成立后，长安寺主殿区成为重庆二十五中学校园，直到今天。

长安寺的残存寺庙建筑我曾亲眼见过。我家距此不远，姐姐上初中就在二十五中,我和邻居伙伴进去打过篮球。篮球场也是操场,篮架立于操场东西两端。操场北面为学校大门,正对新华路朝天门方向。操场南面则是一座开敞式厅堂建筑,飞檐翘角,颇为别致,用作学校开大会的主席台,后来知道那正是长安寺大雄宝殿遗址。此建筑直到20世纪80年代,学校危房改造重建教学楼,才完全拆除。

如今,在过去的崇因寺,后来的长安寺地块,除二十五中继续存在外,又依地势之利,在原市艺术馆位置,建造起有重庆城第一高度之称的联合国际大厦,成为重庆对外开放的一个新标志。

历史的遗痕终究会以自己的方式,来诠释城市的脉动规律。

第八章 从白象街到中山四路

历史沧桑镌刻在中山四路石壁

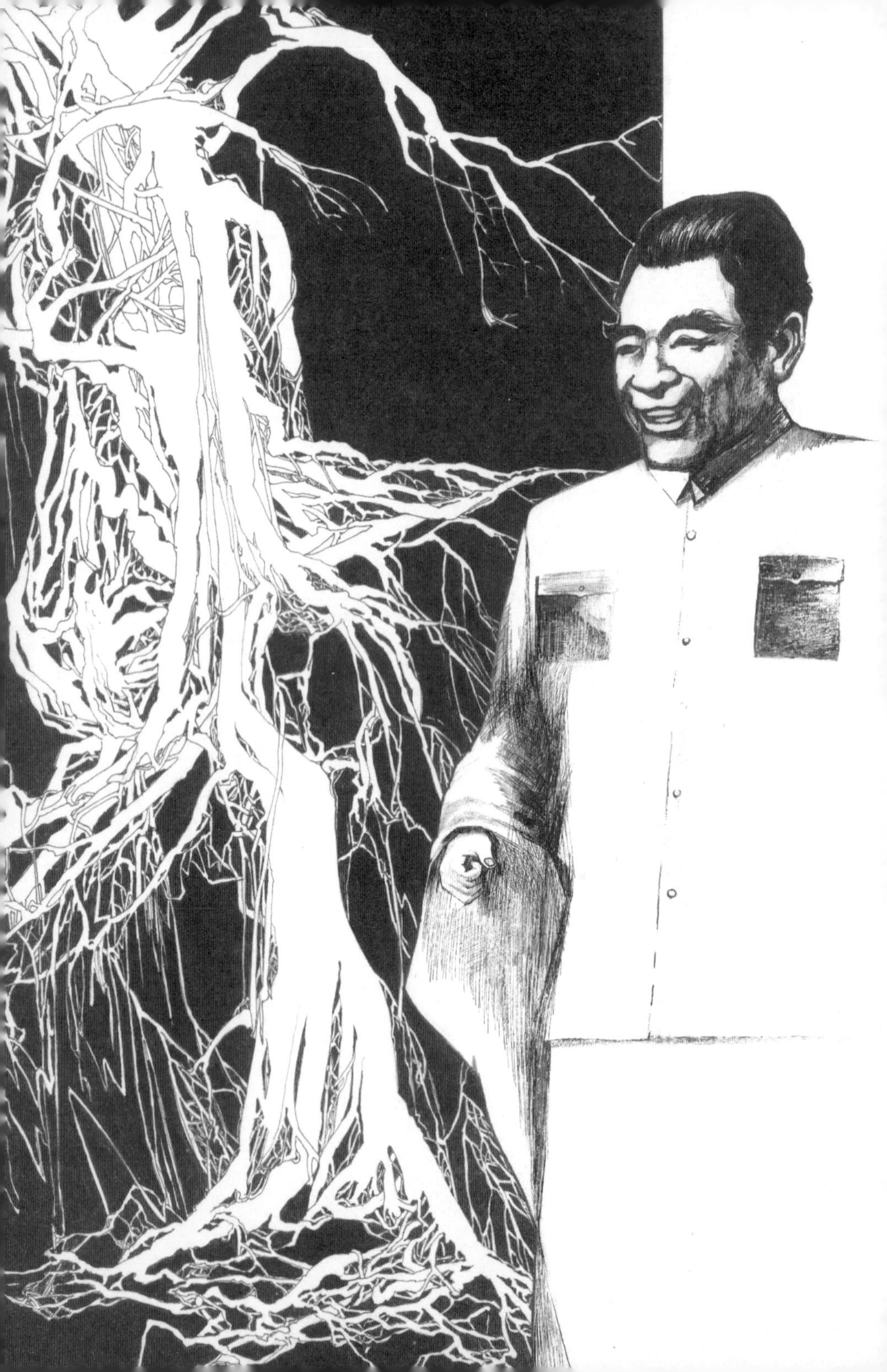

白象街

小时候，我走过的第一条穿城马路，是从朝天门到上清寺。那一年，重庆第一座跨江公路大桥建成通车。

大桥架在嘉陵江上，南起市区牛角沱，北接江北区华新街，两区陆上交通由此打开。全城都很兴奋，我和邻居伙伴一群人也去看热闹。在我记忆里，这座城市的热闹事从来只在解放碑和朝天门发生。最远也不过两路口，那里有山城宽银幕电影院和大田湾体育场。总之看热闹跟上清寺、牛角沱从来不沾边。这次的热闹移到了那边，挺新鲜，所以要去看。

上清寺和牛角沱，两个地名现在有点混淆。全国第二次地名普查时，渝中区的普查结果清楚说明，都在一个地方，最初只叫牛角沱。那地方因江边回水沱的岩石像牛角而得名，近现代以粮食码头著称。嘉陵江全流域的稻米和小麦在重庆集中销往下川东及全国各地，牛角沱码头便是货运码头其一。

1929年重庆建市，近代城市化进程加快，两路口、上清寺一带成为"新市区"，各界工商业者纷纷抢占市场先机。天津商户单松年当年投资于此，开办了重庆最早的机械面粉厂，名曰新丰面粉厂。该厂的主要原料来源，便是嘉陵江上游川北地区出产的小麦。新丰面粉厂一直延续到20世纪末，其间数易其主，厂名也先后改为复兴面粉厂、东风面粉厂，见证了重庆粮食加工业的发展历史。

牛角沱码头靠着一座山，名古月山，面江是陡崖，背江是斜坡。清末时，一位姓胡的道士在坡上仿青城山上清宫修了座道观，取名上清寺。20世纪20年代后期重庆修建第一条公路，从通远门到曾家岩，上清寺被拆除。1939年修成的民国《巴县志·庙宇表》里

第八章
从白象街到中山四路

已无上清寺，只留下街道名，在"城乡建置表"里与大溪沟、李子坝、两路口等列入第三区第九坊。

后来这山上修了座大宅院，名叫特园，古月山之名即告消失。嘉陵江大桥修建时，桥头的山岩连同宅院被切开，分成了现在的嘉陵桥东村、嘉陵桥西村。要想分清哪儿是哪儿，记住一点，牛角沱在面江崖下，上清寺在背江坡上。

再说看热闹。民族路会仙桥1路电车站离我家最近，我们去时车站已经人山人海。好不容易等来一辆车，上面也挤满了人，都是去上清寺看嘉陵江大桥通车。排队不知要排到何时，我们决定"赶倒车"先去朝天门，再从起点站赶过来。到了朝天门，赖着不下车要接着坐回去。司机却不让，不由分说就把我们赶下去。朝天门车站也是人山人海，几辆车都拉不完。想插队也不行，人人都警惕地看着我们这群小屁孩。

我们干脆不坐车了，就沿着1路电车线走着去，边走边看能不能中途赶上电车。结果是不能，那一天好像全城的人都上街了，都朝着嘉陵江大桥方向走，真可以用"万人空巷"来形容了。

后面的事不用讲了，没有发生什么特别的故事。我们靠双脚走到牛角沱时，大桥通车典礼早已结束，大领导也没看见，只听人说是市长来剪的彩。市长是老革命，也是老作家，当过"左联"秘书长，还跟鲁迅讨论过文学。那时我对"文学"一点不懂，也没有兴趣，去嘉陵江大桥只是看热闹。热闹过了就算了，也没下河游泳，天很冷，是在一月份。

没想到那年冬天，又去上清寺看了一次热闹。机关院内在办展

159

览，内容就是参观市长的家。机关大院在上清寺中山四路，往上走就是曾家岩。

市长家住的独幢小楼，房间里有单独的厕所，安了抽水马桶，浴室里的浴缸嵌进楼板。我从来没有见过，完全是看稀奇，跟着别人一道发出惊叹，又遗憾没有看到奇珍异宝。我是跟着读中专的哥哥去看的，哥哥说这里原先叫德安里，抗战时候蒋介石官邸就在这里，他是从《侍卫官杂记》里读到的。

我于是知道重庆城的热闹地，不只有解放碑和大梁子，值得探索的稀奇事，也不只发生在朝天门和东水门。城墙内外那些或旧或新的老房子，或许更值得探寻，更能给人启迪，比如下半城白象街那些密集的老房子，就藏有很多故事。

前章提到，近代打破清王朝封闭国门的，是洋货、洋教、洋枪、洋炮"四大件"。其中最先引起重庆人危机意识的是洋教，这与广东、福建、浙江、天津等沿海地区，遭受洋枪洋炮直接攻击的体验，已有很大不同。但两次重庆教案道歉赔款的结局，无疑也给重庆人结结实实地上了一堂中西"比较文化"课。西方人凭借什么吸引重庆人，它会带来怎样的生活改变？

洋货与洋商已然出现在身边，涉外商业活动早已成为两江码头的热门生意，传统的生活方式也在不知不觉间悄然改变。

白象街上有幢非常著名的老房子，正对街道的门楣上塑有四个红漆大字——"江全泰号"。这幢砖柱砖墙的三开间四层楼房，以独特的火焰形尖拱屋顶、圆拱花窗、花式线脚等西式建筑风格，在周边传统建筑中显得格外突出。

原来这幢房子最初的主人正是一位美国人，房屋修建于清咸丰年间（1851—1861），保留至今已超过一百六十年。据史料记载，江全泰号曾经做过美国大来公司重庆商务办事处，既做生意也做客栈。其经商类型和实际功能虽无记载，却可以想见。东水门和陕西街一带的八省会馆，最先也是由移民中的商户领头兴建的，除了祭祀祖先、神明，主要功能也是协调商务兼做客栈，服务对象以原籍来渝乡亲为主。江全泰号的经商和客栈功能，也是西方客商和移民首先需要的。

清同治八年（1869）四月，英国驻汉口领事一行抵达重庆，向重庆地方当局提出开放通商计划。

同治十三年（1874）五月，英、法、美三国洋行，雇用69条船运载洋货入川，在夔门关被扣押。外商通过驻华使节向清朝廷申诉施压，夔门关才将货物发还。而洋货的诱惑却不可阻挡，就在当年，重庆首次有了对外贸易的记录，通过宜昌关统计，进口洋货总值白银15.6万两。

此后便一发不可收拾，到光绪五年（1879），重庆进口洋货达到269.5万银两，并有了重庆土产货物出口24万银两的记录。两年之后，重庆进口洋货超过400万银两，成为仅次于上海、天津、汉口的第四大洋货销售中心。就在第二次重庆教案发生的当年（光绪十二年，1886），重庆的外贸总值就达到441.7万银两，其中出口货值155.1万银两。重庆人尝到了对外贸易的甜头。

光绪十六年（1890），在重庆城市史上是一个特别值得记住的年份。当年重庆进出口总值达到685.2万银两，其中出口货物首次超过 200 万银两。

在这一年,《中英烟台条约续增专条》在北京签订,正式宣布重庆成为对外通商口岸。

还是在这一年,英国商人立德乐在重庆陕西街设立洋行,美孚石油公司在南岸建造贮油货栈。而英商太古公司、日商日清公司等,也继美商大来公司之后,在白象街开业。

也是在这一年,夏天,中国海关总税务司任命英国人赫博逊为重庆海关首任税务司即海关关长,负责筹建重庆海关。次年春节之后,重庆海关开门通关,重庆正式开埠。

清朝时期的重庆海关,最初在朝天门糖业帮公所借地办公,不久也在白象街建房开关,其旧址保留至今,成为重庆对外开放的一个标志性建筑。

面对洋货的持续诱惑,重庆人一开始也抱着看稀奇的心态,顺其自然地接受下来,对其带来的异质文化影响浑然不觉。尽管重庆是在近代多次中外冲突后,以不平等条约的方式被动开埠的,但重庆人却并不被动。在危机袭来时,也很快适应,尽力化危为机,充满信心地与外国人做生意。很多人就此走出夔门,闯荡外面的世界。巴人本来就是一个由山水养育,喜欢在大江大河里搏击风浪,敢于冒险的民族,后来的重庆人也继承了这块土地的巴人基因。

光绪二十四年(1898)初,当那位英国"船长兼大副"立德乐,驾驶他的"利川"号货轮从宜昌出发,经过二十二天的艰难航行,于农历二月十六日成功驶抵朝天门码头时,重庆人也没觉得那不靠纤夫人力,仅以两台机器驱动,就逆行川江到达重庆的轮船,真是

第八章
从白象街到中山四路

传说中的神灵附体，会带来什么危险。人们在围着看稀奇时，也对这位创造"川江第一轮"纪录的洋商，投以赞赏的目光，并开始"偷师学艺"。十年之后，川江上就出现了第一家由重庆人创立的华资航运公司——川江行轮有限公司。

宣统元年（1909），川江行轮"蜀通"号驶抵重庆，成为川江上第一艘中国籍轮船，打破了外籍轮船对川江轮船航运业的垄断。紧接着又有"蜀亨"号投入航运。

民国元年（1912），重庆华川轮船公司成立，将三艘轮船投入川江航运。民国三年（1914），第三家本土轮船公司——川路轮船公司成立，以四艘"川"字号轮船加入川江航运队伍。这些民族航运公司，都将办事处设在了白象街。

1926年，卢作孚创办民生实业有限公司，开始建立自己的船队，很快发展成为千里川江上最大的轮船公司，凭着实力和信誉赢得国民信赖，把外国轮船占据多年的川江航运市场主导权夺了回来。到抗战时期，民生公司更以拥有一百一十七艘轮船、三十一艘驳船的规模成为中国首屈一指的航运企业。1938年著名的宜昌大撤退中，民生公司紧急抢运大量物资入川，为中国民族工业特别是为兵器工业保留了重建的基础，为最终赢得抗战胜利作出了巨大贡献。史称"中国的敦刻尔克"，此是后话。

重庆人在近代对外开放中"偷师学艺"是全方位的，从技术装备到管理制度，从广告包装到市场推广，都在虚心学习。除了航运业，重庆的近代工业也开始快速发展。光绪二十六年（1900）至辛亥革命之前，20世纪头十年间，重庆人自己办的火柴厂、布厂、纱厂、染织厂、肥皂厂、纸烟厂、玻璃厂、电灯厂、制药厂、发电厂、机械厂、缫丝厂、制革厂等，如雨后春笋般涌现。其中立德燧火柴厂、吉厚祥布厂、裕源毛巾厂、铜元局发电厂、东华玻璃厂、祥和肥皂厂、烛川电灯厂、蜀眉蒸汽机械缫丝厂、求新机械制革厂等，创造了重庆近代工业的无数个第一。

民族工业的发展也促进了对外贸易格局的演变。清宣统二年（1910），重庆外贸总值3230万海关两，其中出口达到1549万海关两，自有对外贸易记录以来，首次逼近了进出口平衡线。而这些本土品牌企业大多在白象街设有门店。

这一切改变，白象街都是见证人和参与者。自清光绪二十三年（1897）起，先后有重庆海关报关行（白象街154号）、重庆海关办公楼（白象街166号）、招商局重庆分局（白象街154号，先于报关行）、大清邮政官局（后迁邮政局巷）、重庆商务总会等重要机构设立于此。重庆以至四川全省的对外经济活动、商务往来、贸易结算、航道监管乃至非法军火交易与烟土走私等事件，都借助这个大舞台轮番上演。高洁与贪婪、清廉与腐败、勇敢与懦弱、光明与黑暗的博弈，每天都在这条街上进行。

不仅如此，白象街还是重庆新闻业的起源地，见证了重庆思想文化界开风气之先的多个第一。清光绪二十三年（1897），重庆第一份新闻期刊《渝报》由重庆商务总会会长李耀庭出资，四川矿务局督办、富顺人宋育仁创办。

光绪二十四年（1898），巴县人潘清荫创办《渝州新闻》，虽只"日出一小幅，寥寥数事，略具体而已"，却以第一份"日报"载入史册。

第八章
从白象街到中山四路

光绪三十年（1904），最早的《重庆日报》由反清革命家卞小吾创刊。该报一经面世，便以鲜明的主张、犀利的言辞抨击朝廷腐朽、揭露现实黑暗，引起社会思想大震动。只一年报馆便被查封，卞小吾遭逮捕下狱，三年后死于狱中。史籍记载的是，"《重庆日报》遇事敢言，好讦人私，为人所疾，构诬下狱死"（民国《巴县志·报馆》）。

这三家开创近代重庆新闻史"第一"的报纸，都将报馆或发行所设在了白象街。

1921年，在近代巴蜀影响深远的《新蜀报》，也诞生于白象街。该报由"少年中国学会"组织者陈愚生创办，早期革命家和共产党人漆南薰、恽代英、萧楚女、周钦岳等撰稿，在报上宣传反帝反封建和共产主义思想，仿佛一颗颗思想启蒙震撼弹，不断撞击着重庆市民的心灵。

1922年，二十一岁的陈毅留法勤工俭学归来，到重庆受聘担任《新蜀报》文艺副刊主笔，发表了大量文艺作品和评论文章，借以抨击军阀混战导致民生凋敝的乱象，引起军阀不满。川军将领刘湘于是"礼送"陈毅出川，到北京中法大学读书。陈毅在北京加入中国共产党，并继续为《新蜀报》撰稿写诗。对诗歌的爱好，陪伴了陈毅一生，即使他当了红军将领、新四军军长、共和国元帅和外交部长，也一直没有放弃，成为后来很多"文学青年"效法的榜样。

近代重庆的历史风云，有一个重要见证者不可忽视，他就是重庆商务总会首任会长李耀庭。

李耀庭，名正荣，道光十六年（1836）生于云南恩安县（今云南昭通）。年轻时加入马帮，往来于昭通与叙府（四川宜宾）道上，学做茶叶、杂货贩运。后从军，当过清军游击、都司等下级军官，并获"即补县正堂"功禄，为候补知县。后弃武从商，光绪六年（1880）到重庆，与同乡合伙建立天顺祥分号（总号在昆明），办理滇边盐务，把茶叶、杂货贩运扩展到食盐、烟土和钱庄经营。合伙人担心惹祸亏本，李耀庭说："要想富，险中做！"此话用西南方言说出来，押韵上口，成了流行语。

光绪二十六年（1900），八国联军打进北京，王公贵族携珍宝逃难，到地方上贱卖换取钱粮。天顺祥票号趁机收购，获利丰厚。又经陕西巡抚、旗人岑春煊牵线搭桥，慷慨资助逃到西安的慈禧太后，获得朝廷褒奖。两年后，岑春煊升任四川总督，到重庆专程前往天顺祥拜访李耀庭，称其为"世伯"。重庆民间遂把李耀庭称为"在野相爷"，白象街也戏称为"野象（相）街"。

借着朝廷之力加持，重庆天顺祥盛极一时，成为南帮票号大户，业务遍及全国十五个省，李耀庭成为巴蜀首屈一指的金融家。光绪三十年（1904），重庆商务总会正式成立，李耀庭被推为首任总理（会长）。

李耀庭关注国运，热心公益，除资助宋育仁创办《渝报》外，他自己也创办了《重庆商务公报》，借以传播新思想，推动开办实业，开发川江航运，还牵头赈灾、兴学、修路、造桥。

辛亥革命爆发，李耀庭支持两个儿子积极参与治理清朝崩溃留下的乱局，两子分别担任蜀军政府财政部长和监司。李耀庭还因资助"肇和"舰起义，获孙中山亲书"高瞻远瞩"题赠。

第八章 从白象街到中山四路

李耀庭以自己的经历,见证了近代重庆从封闭走向开放的时代风云。其公馆卜凤居,也为重庆民居建筑留下了一个参考样本。"李耀庭公馆位于渝中区邮政局巷40号,建于清末……2008年重庆市人民政府列为优秀近现代建筑。"(《第二次全国地名普查渝中区普查登记表·李耀庭公馆》)

如今的邮政局巷,已成为下半城传统风貌商业街区"融创白象街"一部分,而卜凤居仍保留下来,成为重庆开埠史的地标之一。要说这位商界巨子的晚年心迹是什么样,当年重庆商务总会有一副李耀庭亲撰的楹联,可作参考:

古人忠愤,异代略同,借热情规划商情,要与前人分一席;
天下兴亡,匹夫有责,望大家保全时局,莫教美利让四方。

楹联作者或许已经意识到国家兴亡的危机,亦有规划商情以助国运的抱负。但面对"千年未有之大变局"(李鸿章语),其视野格局与应变之策,似乎还差了些什么。

20世纪的风云变幻更趋激烈,重庆人与全国一样,或被动或主动,都以自己的方式投入了新的探索。重庆的工商业发展与城市重心也从两江边迅速上移,从都邮街、较场口到两路口、上清寺,都迎来了前所未有的剧变。而最令人头晕目眩的时代风云,则集中到了中山四路、曾家岩。

1937年卢沟桥事变之后,中国进入全面抗战历史阶段。夏秋之季,正当淞沪抗战激烈进行时,日军开始向南京布下攻击阵势,中国首都岌岌可危，"中华民族到了最危险的时候！"全国抗战需要一个坚固的指挥中心，国人把目光投向了西南大后方的重庆。

1937年11月20日，辛亥革命元老、国民政府主席林森发布《国民政府移驻重庆宣言》。宣言很短，连标点符号与署名在内共482字，却开宗明义地说明了选择重庆的理由与决心：

……为适应战况，统筹全局，长期抗战起见，本日移驻重庆。此后将以最广大之规模，从事更持久之战斗，以中华人民之众，土地之广，人人本必死之决心，以其热血与土地凝结为一，任何暴力不能使之分离。外得国际之同情，内有民众之团结，继续抵抗，必能达到维护国家民族生存独立之目的……

——《国民政府移驻重庆宣言》

（民国时期《四川省政府公报》1937年第100期）

重庆没有辜负国家的信赖与重托，敞开胸怀，腾出土地房屋，欢迎全国抗战机构入驻。古老江州渝中半岛作为中国抗战的政治、经济、军事、文化、外交中心，是历史的选择。

抗战时期的国民政府立法院和司法院（观音岩外科医院）、行政院和军事委员会侍从室（中山四路德安里）、军事委员会行营（储奇门）、空军总司令部（人民路）、文化委员会（即军事委员会政治部第三厅，七星岗天官府）、外交部（望龙门原聚兴诚银行）等国家机构以及同盟国远东战区参谋部（李子坝三层马路史迪威旧居）、同盟国美军司令部（人民路）、美国大使馆（健康路急救中

第八章 从白象街到中山四路

心)、苏联大使馆(枇杷山正街市人民医院)等各国使领馆和国际机构,齐聚在9.33平方公里蜿蜒崎岖的渝中半岛上。因全部国土被日本占领而长期流亡的大韩民国临时政府(七星岗莲花池)和韩国光复军司令部(解放碑邹容路),也在这里树起了争取民族独立的旗帜。

而学田湾、曾家岩、上清寺、李子坝一带"新市区",成为国家首脑机关最集中的地区。

林森带领的国民政府便是在曾家岩下、学田湾旁"异地重建"的。原来的四川省立重庆高级工业职业学校校址,成为国民政府办公地。重庆各界抗敌后援会还发表了《欢迎国府主席暨各委员莅渝告民众书》。国府大楼前的公路也称作了"国府路"。

重庆解放后,国府路更名为人民路。重庆市人民政府便建在当年的国民政府位置,成为见证20世纪中国历史演变的恒久坐标。

真正的战时最高权力中心,则非中山四路德安里莫属。设在这里的国民政府军事委员会侍从室,下设三个处,分别由张治中、陈布雷、陈果夫任主任,负责军事、党政和人事事务。而其所"侍从"的军事委员会委员长才是实际的主人。军事委员会侍从室有一幢单层圆形建筑,当时的墙体刷成黄色,人们即将侍从室俗称为"蛋黄",喻意国家权力核心。很多军事行动指令正是从这里下达的,包括对日作战的若干重大战役,也包括令亲者痛仇者快的"解决新四军"的反共行动。

1945年秋天,国共两党最高领袖关于"两个中国之命运"的博弈,也首先在这里拉开帷幕。那幅举世皆知的合影,便是在德安

169

里"美龄楼"拍摄的。看似幽静的中山四路承载了太多的国运故事，以至罩在其上空的历史风云，总是那么复杂多色，变幻莫测。

倒是中国共产党举起的抗日民族统一战线大旗，飘扬在大后方"雾重庆"上空，格外鲜艳夺目。位于曾家岩50号的周公馆和设在红岩村大有农场的八路军办事处，越是沧海横流之时，越显出英雄本色。以周恩来、董必武、叶剑英为代表的共产党人，以宽广的胸怀、坚强的意志、严明的纪律和朴实的作风，长期为重庆市民所称道。

记得第一次去红岩村时，我还在读小学。仲春时节，由老师带着去参观，开始时心想就是一次春游。从公路边走进去，除了小路就是农田，一点不像春天的公园。一幢深灰色的楼房，没有围墙，朴素得不像机关。周恩来的办公室也就是一张书桌、一把木椅，似乎还有个书柜。另一间办公室的墙上，用黑墨写着几个美术字："太忙就挤，不懂就钻。"原来，干革命的人都特别忙，便是我童年参观所得的最深刻印象！红岩村的这句话，我也记了一辈子。

1941年皖南事变发生，新四军军部所属部队被国民党顽固派八万多人伏击围攻，七千多名抗日将士牺牲、被俘。周恩来悲愤写下"千古奇冤，江南一叶，同室操戈，相煎何急"的声讨檄文，以"开天窗"的方式发表在重庆《新华日报》上，并亲自上街散发，感动了大后方亿万人民。

1945年的重庆谈判，毛泽东亲赴山城，深耕民间，把中山四路桂园和上清寺特园，变成探讨国运发展方向的强大论坛。中国共产党和各民主党派合力掀起的民主建国旋风，自重庆刮向全国。以

第八章
从白象街到中山四路

至当刘邓大军席卷大西南时，国民党经营多年的最后堡垒顷刻间瓦解，重庆最终实现和平解放，其中的民心所向和大势所趋，早已昭示天下，毋庸置疑。历史的必然性，清晰地镌刻在中山四路阅尽沧桑的石壁上，历久弥新。

正因如此，八年抗战在重庆写下的时代主题，仍是充满光明与希望的。老舍主持的中华全国文艺界抗敌协会（张家花园巴蜀校园）成为全国作家、艺术家团结抗日的大本营。抗建堂（观音岩）、国泰大戏院（青年路）、实验剧场（中华路）成为郭沫若、曹禺、宋之的、吴祖光、阳翰笙新剧作《屈原》《北京人》《雾重庆》《风雪夜归人》《天国春秋》的首演剧场。赵丹、白杨、张瑞芳、秦怡、金山、应云卫，在这里将中国戏剧和电影艺术推向高峰。徐悲鸿、傅抱石、陈子庄、王琦等人的重庆题材画作，让世人惊叹巴人巴地独特的艺术风采。久居内陆的重庆人在此期间，也接受了一次深度和广度都无与伦比的文化启蒙。

全国各地特别是沦陷区来到重庆的同胞，对于重庆人在艰苦抗战中的坚韧、乐观性格体会更深。作家冰心在1940年写道：

他们说忙，说躲警报，说找不到房子住，说看不见太阳。说话的态度却仍是幽默，而不是悲伤。在这里我看见了一种力量，就是支持了三年多的骆驼般的力量……我渐渐地爱了重庆，爱了重庆的"忙"，不讨厌重庆的"挤"，我最喜欢的还是那些和我在忙中同工的兴奋的人们。

——冰心《摆龙门阵——从昆明到重庆》

全国各地还有很多人，就像三百年前湖广填川、插占为业的人们一样，到重庆后就扎下根来，成为重庆的新市民群体，通称"下江人"。

我家所在的那条巷子就有不少"下江人"邻居。有个张老伯，祖籍浙江宁波，靠手工做酱油养活一家人。抗战胜利后也没回宁波老家，全都留下来成了重庆人。他有个女儿是我的小学同学，大家在一块玩耍，一同成长，并无区别。只是乡音难改，她把父亲喊成"嗲嗲"（音 diā）而不是爸爸或爹爹，让我们多了许多开心玩笑。他家的酱油味道确实好，真正童叟无欺，巷里人家都是他们的顾客。

说到我所认识的"下江人"，不禁又想起了中山四路德安里。20世纪80年代初，我有幸再次踏入那个大院，这次是作为客人去的。主人是我同事，姓周，单位的团支部书记，我们叫她小周，她刚刚结婚。那时还不兴结婚宴，单位和家庭都提倡节俭，她便邀请我和另三位同事去她家做客。她家住在院内一个独幢小楼，茂林修竹掩映下十分幽静，楼房环境我似曾相识，一时却说不出在哪里见过。直到上楼参观，看到她家浴室里嵌入地下的浴缸，才猛然惊觉，这正是我少年时曾经参观过的展览房啊！

我把自己的惊讶告诉小周，说我十多年前就来过。她和她丈夫都不信，说那怎么可能？这是一号楼，有安全保卫的。我把当年的展览说出来，小周才信了，并告诉我们，现在这幢房子的主人也是一位老革命，年轻时从老家河南加入革命队伍，当过八路军的指导员，现在担任市委第一书记。

这下轮到我们吃惊了。对了，小周的丈夫姓丁，市委第一书记

第八章
从白象街到中山四路

也姓丁，是这座城市的最高领导。正是在此期间，重庆迎来了又一次风云变幻，知青返城就业，经济加速发展。很多改革措施和城市规划，正是从这院里酝酿成型，而后发出，变成发展动力的。

难怪小周的婚事在单位无人知晓，原来是一向低调的团支部书记想要保密。不过，小周和她丈夫这次对我们不再保密，把家庭情况与他们的恋爱故事"坦白"出来。单位同事中，我们几个年轻人关系最近，互相引为知己。

小周与丈夫（我们也叫他小丁）是在共青团基层书记培训班相识的，两人在一个学习组。小周是组长，小丁是比较特别的组员。小丁的特别处是，他走路要拄双拐，是小时患病留下的残疾，上课、吃饭、回寝室都比其他同学多一些麻烦。小周是组长，便格外照顾他。小丁却不接受照顾，学习、生活都很自立。讨论时也喜欢抢着发言，且见解独到，从不照本宣科。下基层参观，搞联欢唱歌，小丁也积极参加，一脸阳光，让小周芳心萌动。

小丁在一家钟表修理行工作，单位在解放碑一侧民权路边，门面很小。小丁的工作就是修理钟表，从学徒做起，一干就是好几年。师父和同事都称赞他好学、肯钻、技术好，却都不知道他家住哪里。小丁跟小周一样低调，上级领导也帮他保密，一直没有泄露其"高干子弟"身份。

后来我又去过德安里多次，与文物保护专家一道，对院内文物和近现代优秀建筑做测量和资料保存工作，每次都有穿越时空、与历史对话的感觉。近百年间，中山四路上的街景变了多次，德安里也换过无数主人。或叱咤风云，或低调务实，或胸怀宽广，或算计

173

过人，各有各的风格，各有各的故事。而其留下的史迹，也都打上了巴都江州的文化烙印，引人遐思。

第九章 从纪功碑到解放碑

阅尽沧桑不怒而威的解放碑

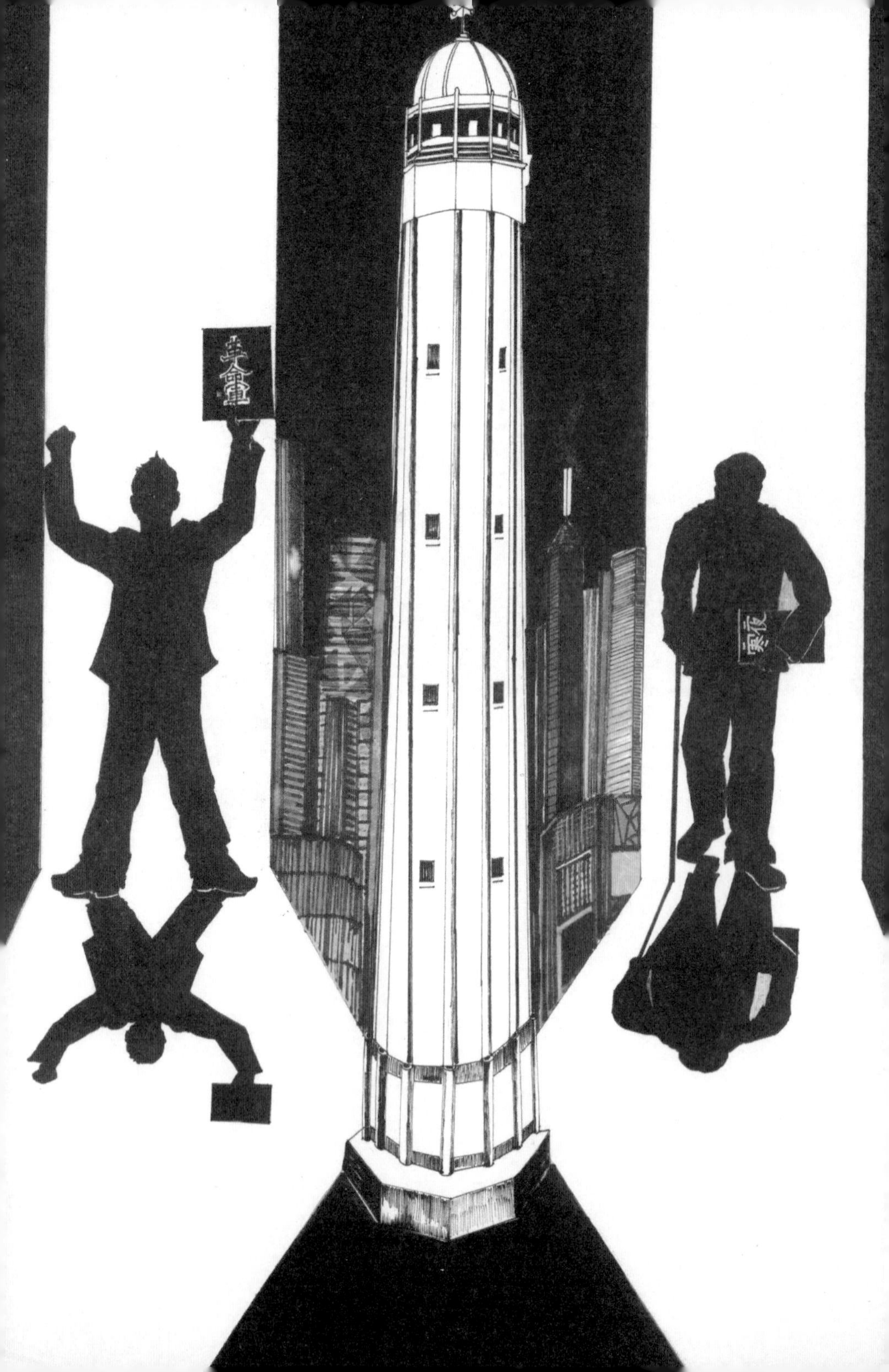

解放碑

"抗战胜利纪功碑浓黑，隐没在灰蒙蒙的雾海里，长江、嘉陵江汇合处的山城，被浓云迷雾笼罩着。这个阴沉沉的早晨，把人们带进了动荡年代里的又一个年头。"

小说《红岩》开篇的一段描写，让全国读者感知了20世纪40年代"雾重庆"的若干特征，也记住了重庆最著名的地标——解放碑，那时它叫抗战胜利纪功碑。

1965年上映的电影《烈火中永生》，也把开篇镜头对准了那里：一个灯光暗淡的夜晚，中共重庆地下党领导人许云峰走在民族路街头，等待与上级李敬原接头，耳旁传来整点的钟声。镜头转向钟声发出的位置——抗战胜利纪功碑。电影随即进入紧张而动人心魄的故事情节。

碑顶的报时钟不是人们在大型寺庙里常见的传统铜钟，而是以时针和分针标定时间的现代机械钟。钟声是用做工精致的齿轮弹簧解压，驱动碑身内的金属锤敲击钟壁发出的。

我之所以对电影开头记得清楚，是因为拍摄的情景我曾亲眼看见。我家距民族路和五四路交叉口只有一百多米，我便和邻居伙伴挤进去看。那时的电影多采用实景拍摄，饰演许云峰的赵丹在那十字路口来回走了好几遍，只为拍成一个镜头。围观的人都很惊奇，赵丹是著名演员，演技绝对一流，导演水华也不轻易放过，折腾了老赵好几遍。我们才知道，拍电影也不容易。

还有"甫志高被捕"，镜头也取自那个十字路口。因为沙坪书店被特务破坏，党组织安排相关人员撤离，通知了甫志高，要求他马上转移。但银行职员甫志高却无视组织纪律，不顾许云峰的警告，

第九章
从纪功碑到解放碑

心存侥幸地执意回家与娇妻告别,还特意买了她最喜欢的"老四川"牛肉。于是出现了如下情景:

> 甫志高把大包牛肉夹在腋下,放下雨伞,不慌不忙地伸手去按叫门的电铃。就在这时候,几个黑影突然出现在身后。甫志高猛醒过来,但是,一只冰冷的枪管,立刻抵住了他的背脊:"不准动!"
> ——《红岩》

后面的故事大家都知道,甫志高当了叛徒,出卖了许云峰、江姐、刘思扬和成岗,帮国民党破坏了《挺进报》,最后也无好下场,被双枪老太婆击毙。20世纪40年代后期的重庆,国共斗争风云成了笼罩在重庆上空的主色调。今日解放碑矗立的民族路、民权路与邹容路相交的十字金街以及小什字、沧白路、较场口、朝天门都曾是当年的风暴中心。

小说和电影中的"老四川"、皇后舞厅、新生市场、心心咖啡馆,都是用的实名,在民族路左右两边存在过很久。20世纪50年代,皇后舞厅改成了民族路餐厅,之后与"老四川"等一起被拆除,原址上建成了20世纪80年代重庆第一高楼会仙楼。会仙楼得名于民族路那一段的老地名会仙桥,那里曾流传神仙吕洞宾的故事,现在是一幢78层高的环球金融中心大厦。

心心咖啡馆直到20世纪80年代中期仍是市民喜欢光顾的西餐店,后因国企改制而停业,最后因旧城改造而撤除,原地建成了建设银行大楼。"老四川"的牌子保留至今,其经营地几经转移,现在搬到了九龙坡区杨家坪。传承了百多年的"老四川牛肉技艺"则作为渝中区非物质文化遗产保留下来，等待着重现辉煌。

《红岩》为何如此执着地选择民族路和五四路的交叉路口，作为人物活动的主要背景反复出现？小说作者和电影导演都没有解释，也许他们根本不觉得那问题有什么特别意义，本来就该在那里。就像登山家面对为什么要登珠穆朗玛峰之问，回答说因为它就在那里。

我的疑问和兴趣也是后来才被唤起的。小时候我们把那地方叫做街心花园，因为那里确实有一块公共绿地，种了不少花，印象最深的是鸡冠花和木槿。花园有木栅栏保护，后来换成铁栏杆，在解放碑周围是十分难得的景观。

那个街心花园至少存在了五十年，直到 21 世纪后才不再栽花了，铺上地砖成了广场。有一次我从那里走过，看着广场，突然觉得似乎有什么地方不对劲。广场形态不太规整，位置也不在解放碑十字线上，而是偏向西北一边，没有正对碑体。作为街心花园时没有这样的感觉，成了广场倒感到了别扭，真有点莫名其妙。

回想起来，当年的街心花园也不规整，是一个直角三角形。直角长边挨着民族路，马路对面是友谊商店。直角短边紧临五四路，马路对面就是"老四川"。长长的斜边栅栏外是条小车道，道旁是一家开敞式百货商场，就是著名的新生市场。新生市场南边挨着的，是群林市场和美术公司，正对着解放碑。群林市场后来毁于一场大火，空置几年后地块重整，由香港九龙仓集团建成了今天的金鹰时代广场。美术公司拆迁后搬到了南岸区南坪东路，不知现在境况如何。

第九章
从纪功碑到解放碑

新生市场和群林市场很早就有了。20世纪20年代以后，城市重心由下半城往上半城转移。小什字到新生市场，即今民族路整条街，成了最繁华的商业街区，民族路与五四路相交的十字街口成为城市中心。这个中心也有一个标志性建筑，不是石碑，而是一座道教庙宇华光楼。华光楼主祀神通广大的华光大帝，亦称马王君，就是民间所说的"马王爷三只眼"那位神仙。乾隆年间《巴县志》有记载："华光楼，通志：一在县西三里，一在县忠孝坊。按：今在华光坊。"

文中所说"通志"，全称《四川通志》，由清雍正年间的四川提督、武英殿大学士黄廷桂编成于雍正十一年（1733），距乾隆年间《巴县志》编纂时代（1751—1760）最近，成为当时的县志编纂者最适用的参考书。《四川通志》所记"县西三里""忠孝坊"，与乾隆年间的华光坊都指同一位置，所以王尔鉴加了按语来说明。"县西"是指县治以西，即从巴县衙门往西走三里，恰好就是这个地方。

清代最小行政单元有两个名词，在城为坊，在乡为里，"坊"相当于如今城里的社区。乾隆年间把忠孝坊改成了华光坊，显然是缘于这座华光楼。也就是说早在雍正年间，华光楼就存在了，距今已有近三百年。

华光楼什么样我无缘相见，但"华光楼"作为地名，却听得很熟，知道就是指民族路与五四路那个十字街口。20世纪30年代，城内扩建公路，为使上、下都邮街（今民权路及民族路上段）打通拉直，拓宽成民族路，华光楼被拆掉，留下新生市场前的那块空地，成了街心花园。电影《烈火中永生》剧组把开篇镜头对准那里，似乎也是冥冥之中的巧合，那曾是原来的城市中心。

新的城市中心即现在的解放碑广场，仅仅从华光楼所在十字路口南移了百来米。抗日战争开始后，日本飞机的"无差别"大轰炸，把那地方翻了个个儿。面对日本侵略军的疯狂进攻，国人忧愤交加，要求团结抗战，一致对敌。人们纷纷提出建议，修建一个标志性的设施以凝聚民心。1941年12月，一个在四川各地常见的碉楼式建筑，在都邮街与苍坪街（今邹容路）相交的十字街中央建成，名为精神堡垒。该建筑为四方形木结构，通体黑漆涂刷，高七丈七尺，取自"七七"抗战纪念日，寓意同仇敌忾、抗战到底。建成后遭日本飞机炸毁，炸掉又建，建好又炸，几经反复。

抗战胜利后，国民政府还都南京，很多"下江人"也陆续返乡。为纪念来之不易的全民族抗战胜利，表达对大后方人民所作贡献牺牲的崇敬之情，各地来渝人士与市民团体一道提议，经重庆市临时参议会决议，在原精神堡垒位置修建抗战胜利纪功碑。这一点，在时任国民政府文官长吴鼎昌所撰《抗战胜利纪功碑铭》中亦有表述："寇氛既息，疆宇既复，政府还都南京，而重庆官民爰有伐石著绩之举……乃播之铭语，俾行路永歌，以憺国人之思。"（《渝州历代诗文选》，重庆出版社，2015年）

抗战胜利纪功碑于1946年10月动工修建，1947年8月落成。通高27.5米，由碑座、碑身、瞭望台三部分组成，钢筋混凝土结构。碑身主体为八边形，碑顶装有四面钟及"东南西北"方位标志和风速测量仪。

重庆解放后，根据重庆市各界代表会议所提建议，西南军政委

第九章
从纪功碑到解放碑

员会决定将抗战胜利纪功碑改建为人民解放纪念碑。1950年10月1日，新中国第一个国庆日，西南军政委员会主席刘伯承为这座历史建筑题写了新名——人民解放纪念碑。当天，刘伯承与邓小平、贺龙、曹荻秋等一起站上解放碑主席台，与重庆市民共庆新中国第一个生日。此后，解放碑的城市中心地位便永久地确立下来。20世纪50年代至60年代中期，每年的国庆典礼都在这里举行，群众游行队伍也以解放碑为出发点。在我儿时的记忆里，那也是这城市最热闹的日子。

从精神堡垒到抗战胜利纪功碑，再到人民解放纪念碑，一部民族独立和人民解放的历史，形象而高效地凝铸在一座纪念建筑上。解放碑成为重庆的第一标志，有其逻辑的必然性。

关于解放碑，我的更多记忆也属于童年。我家所住的下小较场在五一路与八一路之间，即今大都会广场位置，与解放碑的直线距离不过百来米。那时城区人口不多，汽车更少，没有噪声污染，解放碑的钟声清晰可闻。清晨和夜晚，钟声成为真正的报时伙伴。小巷人家多以那钟声为参照，安排生活时序，十分方便。

对于我和邻居小伙伴而言，解放碑更像是我们的"儿童乐园"。这里所说的解放碑，已经不是那座石碑，而是一个地名了。从记事时起，"解放碑"在我意识里就是两个含义：一座历史建筑，一个著名街区，从不会混淆。

20世纪60年代以前，解放碑是城市的第一高度。周围的房屋大多只有三四层，著名的三八百货商店（今重庆百货大楼）营业场也只有三层，逛完花不了多少时间。我们也去逛，不为购物，而是

183

玩"官兵捉强盗"的游戏。商店楼梯分左右两边上下，方便顾客购物、行走，也方便我们追逐、嬉戏。傍晚时分，店里顾客稀少，店员也不干涉，宽容地看我们奔跑，给寂寞的店堂添点生机。

而我们也不贪恋商店的繁华，我们更喜欢登上解放碑，那不是一件容易事。解放碑的道路要通汽车。1路电车从上清寺、七星岗开过来，先得绕着解放碑走四分之三圈，经过街心花园、会仙桥、沧白路口，再从小什字向左弯过去，才能到朝天门。白天行人不允许上公路，晚上放宽了，可以在街上行走。但解放碑一般也不让上去，有禁令牌立着，石台阶属于严管区。碑体下层的门也是关着的，里面什么样，永远只能想象。

不过，我的长兄曾经进去过，是在1949年底。那时国民党政权崩溃了，纪功碑无人照管，任由人们进出。哥哥说，他曾沿着碑体内的螺旋式铁梯登上去，从碑顶的窗口360度俯瞰全城，享受到一种全新的解放感。哥哥甚至记下了铁梯的级数，128级。

后来就没机会上去了，我们去那里就是玩"官兵捉强盗"。从三八商店跑出来，看警察不在，快速穿越公路，登上解放碑的石阶，从另一边跑下去，利用电车遮挡，就算逃跑成功。

有时司机烦了，不让路，使劲按喇叭吓唬孩子们。眼看跑不掉了，我们急中生智，找个缝隙钻到解放碑舞台下面躲藏。舞台的一半是木头搭建的，不难找到缝隙。有一年国庆前夕，我和小伙伴海娃钻到刚刚搭好的舞台下面躲避追捕。忙乱之中，衣服被铁钉挂破，手臂也流了血。正沮丧时，海娃惊喜地叫出声："嘿，有蛋糕！兰香园蛋糕！"

第九章
从纪功碑到解放碑

借着木头缝隙透进的光亮察看，真真切切就是兰香园蛋糕，包装纸上那几个字我们都熟悉。兰香园蛋糕店就在解放碑旁边。两块蛋糕也很真切，圆形，金黄，灿如朝阳。只是此时，那朝阳般的蛋糕表面爬了很多蚂蚁，就像天文望远镜所看到的太阳黑子。不过，蚂蚁并不影响蛋糕的品质，我们把蛋糕分掉，用脏手拍掉蚂蚁，三下五除二地很快吃完。心里也生起对解放碑的感激之情，让我们满足了对蛋糕的向往。蛋糕很贵。

除了蛋糕，解放碑餐厅的水煮肉片、王鸭子酒家的烟熏鸭、"一四一"的火锅等，很多美味都曾令我充满向往。东西方向的邹容路，以解放碑碑体为界，可分为上下两段，上段是一面陡坡，从大梁子（今新华路）下来，密集排列着各种餐馆。有六个很有特色的餐馆，店名里都嵌有一个数字，"一二三四五六"从上而下排列的顺序，与各自的店名正好对应，排列得丝毫不乱，形成一大奇观。

颐之时（颐谐音一），1920年创办于成都，1948年迁来重庆，由曾被郭沫若赞为"西南第一把手"的川菜大师罗国荣主厨，有脆皮烤鸡、火腿虾仁、清蒸江团、干烧岩鲤等名菜传世。而蒜苗回锅肉则是市民最爱的"大菜"，这菜在肉食中好吃又便宜。记得早年母亲常在发工资那天带我们去"打牙祭"，专点回锅肉。我家兄妹六人，大的读中学，小的刚三岁，跟着母亲走进店里，队列整齐壮观。以至颐之时的店员阿姨也跟我母亲开玩笑："又有老鹰捉小鸡的戏看了！"说罢便喊后厨师傅："来个大份回锅肉！"颐之时后来几易其地，现在的解放碑店设在邹容路与八一路交叉路口南侧的渝都大酒店楼上，回锅肉仍是传统招牌菜之一。

丘二馆，位于与邹容路交叉的五一路口，今海逸酒店位置，以清炖鸡汤、炖鸡面、鸡汤抄手为市民所称道。早年间食物匮乏，城里人家生了孩子，公婆在家要做的第一件事，就是去丘二馆端一钵炖鸡汤或一碗炖鸡面犒劳媳妇。久而久之成了一种习俗，市民戏称丘二馆炖鸡汤是对《婚姻法》的补充。

三六九，江浙菜系餐馆，其名菜、名小吃有砂锅鱼头、砂锅炉划水、四喜汤圆等。四喜汤圆为芝麻、豆沙、玫瑰、鲜肉四种口味的馅做成，深受市民欢迎。

四象村，湖北风味餐馆，抗战时期迁来重庆邹容路，以三鲜面、烧卖、豆皮、锅贴饺等小吃著名。四象村店名取自《周易·系辞》："太极生两仪，两仪生四象，四象生八卦。"创办人对传统文化的热爱，提升了饮食的品味。四象村的品牌至今仍存，渝中区八一路小洞天小吃街内有经营店面。

五芳斋，本是浙江嘉兴以做粽子为品牌的饮食企业，抗战时期迁到重庆邹容路经营，以传承多代的"嘉湖细点"工艺粽、糕点、卤菜、肉蛋等系列食品享誉山城。

陆稿荐，原店址在邹容路与八一路交叉路口北侧，今工商银行大楼东南端，抗战时期由躲避战乱的江苏人孙云飞创建，以经营江苏风味的酒菜、面食为主。相传最初的老板姓陆，有天遇到一个乞丐上门借宿。乞丐瘸着一条腿，拄一根拐杖，背着一床破烂的草席（苏州话叫稿荐），衣服也脏兮兮的。陆老板没有嫌弃，还请他吃饭喝酒。乞丐临走时以那床破草席相赠，陆老板拿那草席没用，塞进卤锅下的灶膛当柴烧，不料那卤菜味道从此格外鲜香。原来那乞

第九章
从纪功碑到解放碑

丐就是神仙吕洞宾。老板感念神仙相助，于是将自己的卤菜店取名陆稿荐。陆稿荐在重庆一直经营至今，其酱鸭、熏鱼、烤麸、兰花干、叉烧肉、大肉面等深受市民喜爱。

若说重庆人有什么要吃不要命的喜爱，那就是火锅了。火锅在重庆的历史难以详考，但重庆城能够确证的最早火锅品牌"一四一""云龙园""夜光杯"，都集中在解放碑商圈，却是事实。三个火锅店在20世纪30年代就已知名，从来都是高朋满座。

"高朋满座"在这里不是形容，而是写实。那时的火锅烧煤炭，炉膛须有足够容量，食客的坐凳比桌子还高，才能尽享美食。居高临下的食客，让炉火烤着，越是吃得大汗淋漓，越是大呼过瘾。酷暑季节更出现赤膊上阵、热火朝天、山呼海啸、气吞山河的奇观。

何能如此？很多人说，三个火锅店占了天时、地利、人和，得了城市文脉滋养。"一四一"在保安路（今八一路）。这条老街北起白龙池，南至磁器街，中间有能仁寺、天元堂、紫剑武馆等，儒释道文武气场强大，历来被经商者视为风水宝地。

"云龙园"在都邮街（今民权路）关帝庙一侧。关帝庙历史悠久，乾隆年间《巴县志》记："关帝庙，治西北杨柳坊，明末兵燹。康熙三年，总督李国英重建。"解放后，作为儒家武圣人的关公祭祀活动，让位于发展经济、服务民生，此地先后有建设公寓、市医药公司等单位入驻。云龙园火锅店仍然在此，直到20世纪90年代才告拆除。关帝庙内原有关羽铜像，早先搬到枇杷山公园后门、市博物馆露天广场，小时候我和小伙伴曾爬上其肩头玩耍。这尊铜关羽现由三峡博物馆收藏，历尽沧桑威风不减。而关帝庙现已重建于佛图关下，俯临嘉华大桥，成为佛图关森林公园之一景。

"夜光杯"在抗战时期的红火，不在于借用了那首唐诗名句"葡萄美酒夜光杯，欲饮琵琶马上催"作店名，而在于其地理。"夜光杯"位于邹容路西端，东看解放碑，北望临江门。古代重庆府文庙、府学、泮池、魁星楼俱在此，还立有碑，曰"斯文重地"。泮池俗称夫子池，这个老地名便源自人们对孔夫子的崇敬与祭祀。那时的文庙周围还密集地分布着名宦祠、乡贤祠、忠义祠等，祭祀对象为城市史上贡献卓著的历代英豪。此外还有榜眼牌坊，是明朝廷为巴县籍翰林院学士、礼部尚书刘春所立。

三大老品牌，启迪重庆火锅从传统走向现代，进而走向全国和世界。追根溯源，找找美食与城市文脉的关系，看看得到什么滋养，或许不无启发。

除了府文庙、夫子池和榜眼牌坊，罗汉寺、能仁寺、长安寺、会仙桥、杨柳街、正阳街、邹容路、沧白路、九尺坎、来龙巷、江家巷……解放碑一圈地名都有典故。近年成为网红景点的洪崖洞，除了吊脚楼和字水宵灯外，怕是少有人知道那崖下掩藏的文化遗痕。乾隆年间《巴县志》记："洪崖洞，通志：在县西三里，一名滴水崖。苍岩翠壁，中悬巨石嵌空，上有瀑泉泻出。崖前刻苏轼、任仲夷诗，黄庭坚题。"千年遗墨，贵为珍宝，没有这个，"洪崖滴翠"恐怕也难登上巴渝十二景。不过得沉下心来仔细寻找。

就连我出生成长的那条陋巷下小较场，巷名背后也藏着许多故事，只是我们从小熟视无睹而已。史籍记载，小较场是与大较场（今较场口）相对并称的，明清两代都是驻军练兵之地。小较场旁边曾

第九章
从纪功碑到解放碑

有个报恩寺，抗战时被炸毁。之后修了民国路，小较场分为两段，成为上小较场和下小较场。

清末民初，报国寺前，今下小较场一带，是官绅大户商号与住宅区。知名者有药材商号伍舒芳、皮货商号德兴源、魏氏商号德生裕、盐商住宅张公馆、洋行经理宅邸宣公馆等。最著名者莫过邹家祠堂，那是邹容家族宗祠。邹容出生在夫子池洪家院子，在邹家祠堂长大。清光绪二十八年（1902），十七岁的邹容由这里走出，赴日本留学，很快投身反封建革命，十八岁写下《革命军》宣言书，以一声惊天呐喊震撼国人心灵。清政府以"此书逆乱，从古所无，劝动天下造反"的罪名将其逮捕。光绪三十一年（1905），二十岁的邹容瘐死在上海狱中。1912年，中华民国临时大总统孙中山签署命令，追授邹容"陆军大将军"衔，以此褒扬其"革命军中马前卒"的功绩。

抗日战争初期，为纪念这位革命先驱，邹家祠堂所临苍坪街更名为邹容路。邹家祠堂毁于日本飞机大轰炸，邹家人搬走再没返回。那里由其他人家建房居住，解放后为重庆百货站职工宿舍。位置就在今大都会广场邹容路边，斜对着解放碑。原来我们家曾与邹容大将军家毗邻而居！

还有个邻居也不能忘记，他是巴金。知道巴金这名字时，我还是个小学生。哥哥读中学，喜欢看小说，有一次从同学那里借来了《家》，读了就让我也接着读。哥哥不知从哪里知道这本书的作者巴金，曾经在下小较场相邻的民国路（今五一路）一幢楼里住过。那是一幢建于20世纪30年代的三层楼房，双开木门很宽大，里面是两层回廊围着一个天井。但天井不是露天的，上面盖有屋顶，镶了七八片玻璃瓦采光。楼内住户很多，回廊堆满了煤、木柴以及朽坏的家具之类，房屋破旧暗黑。那房子我也熟悉，是一家文化单位的职工宿舍，我和小伙伴玩"官兵捉强盗"经常闯进去，回廊式楼房便于躲藏和逃跑。抗战时期该楼称作文化生活出版社，出版社由巴金创办于上海，后来迁到重庆。他就是在那里创作了小说《第四病室》和《寒夜》。

巴金在《寒夜》后记里写道："一九四四年冬天桂林沦陷的时候，我住在重庆民国路文化生活出版社楼下一间小得不能再小的屋子里，晚上常常要准备蜡烛来照亮书桌，午夜还得拿热水瓶向叫卖炒米糖开水的老人买开水解渴。我睡得迟，可是老鼠整夜不停地在三合土的地下打洞，妨碍着我的睡眠。白天整个屋子都是叫卖声，吵架声，谈话声，戏院里的锣鼓声。"

巴金说到的那些生活场景，民国路（五一路）上嘈杂的市井声，包括老鼠打洞的声音等，延至20世纪80年代也还存在，我们都很熟悉。

《寒夜》直接写了重庆生活，人物原型取材于身边的邻居和亲友，巴金十分熟悉，并对他们寄予深深的同情。在巴金的创作中，《寒夜》的篇幅虽然不长，却是他最喜爱的小说之一，也赢得了众多读者。

1983年，北京电影制片厂把《寒夜》搬上银幕，来重庆拍外景，就选了民国路那幢旧楼。饰演女主角曾树生的演员潘虹，那时人气正旺，拍戏时附近居民都去围观。有个邻居小女孩，说话咬字不清楚，把"潘虹"叫成了"耙（音pā）和"，听起来很逗人笑。一连几天，邻居们都欢天喜地把看潘虹拍电影说成"看耙和"。

的确看到了。深夜时分，穿着蓝色旗袍的潘虹拍完片从那楼房出来，看见很多人笑着向她拍手，一群孩子则对着她"耙和""耙和"地大声喊叫。潘虹不知那是人们对她的欢迎还是戏谑，睁大眼睛向人群挥挥手，便赶紧钻进小车离去了。不过，巴金的小说《寒夜》就此更加深入重庆普通百姓的心。我的旧时邻居们至今说起来，也把巴金曾经做过我们的邻居当作引以为豪的话题。

2005年巴金在上海去世，重庆作家协会召开座谈会纪念这位文坛前辈。我在会上说起小时候钻进文化生活出版社旧楼玩官兵捉强盗的往事，以及电影《寒夜》的拍摄见闻，有作家便感叹，应该把巴金旧居保护起来。但那时五一路上那幢房子已经无人居住成了危房，周围一大片也成了拆迁区。2009年，我在渝中区人大会议上提出建议，将五一路巴金旧居列入文物保护名录，在原址新用途确定后做个铭牌，标出巴金旧居所在地并介绍其生平和作品。文物管理所此前不知道这个情况，知道后便派人与我一起到拆迁现场，拍摄照片，建立档案。此时房顶已经掀掉，但房架还在，总算保留下一些原始资料。同时用文字记下周边的煤管局、航道局、大阳沟小学、京剧厉家班、五一电影院、重庆剧场、裕和彩洗染店、老同兴酱园、丘二馆鸡汤、依仁巷春卷、刘玉堂膏药。冬天的炒米糖开水、担担面、豆腐脑；夏天的酸梅汤、熨斗糕、梆梆糕等，这些既属于我们，也属于邹容和巴金的老重庆故事。

几年以后，再次走过当年的文化生活出版社巴金旧居，那地方已建了一座数十层高的大楼,楼下是哈尔滨银行。在其周边还集中了数不清的银行、证券公司和保险公司,五一路成为解放碑的新金融街。我仔细搜寻,却遗憾地没能找到心目中的"巴金铭牌",怀疑自己过早地老眼昏花了,不相信这位文学巨匠会真的被人们遗忘。

其实,对于城市文脉的保护,重庆人有些意识是深入骨髓的。那一年城里突然陷入了混乱,交通大面积中断,市政运输停止,人们依靠商店和码头库存维持生活。而因为环卫车停驶,致使全城垃圾站渣满为患,凯旋路、临江门、筷子街、金汤街等地垃圾站莫不如是。

我家附近的五一路垃圾站承担着大阳沟菜市场和居民生活垃圾的转运,是解放碑街区的一大要害部门。垃圾站堆满后,人们只好将每天产生的煤炭灰、烂菜叶、废纸、烂布、剩骨头等倾倒在公路上,不久便堆成一条中间高两边低,形如江边长堤的垃圾长龙。从五一路中段的街道办事处路口开始,垃圾向两头分流。一头筑向正阳街、民族路;一头经五一电影院、重庆剧场路口折向邹容路,一直逼近到解放碑转盘。其时正值暑天,垃圾腐烂发出阵阵恶臭,人们走过时不得不捂住鼻子。有的小孩子则在垃圾堆上捉绿头苍蝇,用棉线拴了当飞机玩。

令人惊奇的是,垃圾长龙游走到前进钟表店(今重庆商业大厦)和解放碑邮电所(今工商银行大楼)位置便戛然而止,始终不能接近碑体。只是垃圾越堆越高,以至在解放碑下形成一个臃肿庞大的垃圾龙头。

那时我还是个十多岁的孩子,看到垃圾长龙与解放碑的"冷

第九章
从纪功碑到解放碑

战"，心里便沉甸甸的。却也为解放碑始终昂扬不屈的精神而叹服。现在看来，重庆市民心中始终保留着对解放碑这个城市象征的尊敬和爱。而历尽沧桑，饱览过城市变迁的解放碑，面对脚下的垃圾长龙，每天仍按时敲响自己的钟声，仿佛在向重庆市民致敬。

后来，解放军驻渝部队官兵率先向垃圾长龙开战，市民也纷纷响应，各单位连续出动上千辆次的卡车清运垃圾。住在附近的居民也拿上扫把、簸箕前往助战。同仇敌忾的气氛，仿佛宣示着一种决心。打扫后，解放碑街区终于重现了整洁的面容，从此愈加繁华、靓丽。

我家所在的那个大地块，拆迁后建起了大都会广场。原来的邻居各奔西东，自讨生活。多年后再相聚，话题还离不开大都会和解放碑，说起邹家祠堂和巴金旧居，仍有很多感慨。存在心中的那些人和事，如陈年老酒，越品越有味，积淀下来汇在一起，或许便是一座城市的文脉之源。

而最集中最鲜活的代言者，就是城市中心那座石砌的纪念碑。时移世易，人间沧桑，城市变迁，逝者如斯。眼界所及，什么都在变，只有解放碑还是那座解放碑。

说来也怪，从小到大几十年，我也算亲眼目睹了这座城市的变化。而每次走过解放碑十字金街，看过数不胜数的摩天大楼，再回到那座永远只有27.5米高的纪念碑下，心头仍然会升起一种特别的感觉：无论周遭大厦如何高峻，数百幢新楼如何林立，都永远盖不住解放碑的威严。说与人听，很多人都有同感，说无论是谁，无论是普通百姓，还是名人显贵，也无论其人生是平凡还是辉煌，所有人走到解放碑下，都不能不心生敬畏，暗表臣服。

原因何在？

我看到解放碑高大庄严的形象经过历史的积淀与淘洗，早已固化为一种永恒的城市气质。它原本具有的阳刚之气和负重致远的意蕴，经过长期磨炼与锻打，已变成一种历久弥坚的城市精神。它那数十年一贯响亮而沉稳的钟声，也因阅尽尘世沧桑，而把每一次发声都变成了格言。

在我看来，解放碑钟声代言的，乃是重庆三千万人的心声，解放碑也是重庆城三千年史诗的凝缩。就像史籍上的那句话：

维巴之城，维石岩上。一叶云浮，两江虹盘。既刚且险，鸿垆鼓铸。坚以一心，金汤永固。

——乾隆年间《巴县志·城图铭》

乾隆年间《巴县志·城图铭》

主要参考书目

古代典籍：

《尚书》（先秦）

《山海经》（先秦）

《左传》（先秦）

《竹书纪年》（先秦）

《史记》（西汉·司马迁）

《汉书》（东汉·班固）

《说文解字》（东汉·许慎）

《三国志》（晋·陈寿）

《华阳国志》（晋·常璩）

《后汉书》（南朝宋·范晔）

《昭明文选》（南朝梁·萧统）

《太平寰宇记》（北宋·乐史）

《舆地纪胜》（南宋·王象之）

《宋史》（元·脱脱、阿鲁图等）

《文献通考》（元·马端临）

《蜀中名胜记》（明·曹学佺）

《明史》（清·张廷玉）

《巴县志》（清·王尔鉴）

《巴县志》（民国·向楚、朱之洪）

现代书目：

《历史考古文集》（重庆市博物馆，1984年）

《中国民间故事集成·重庆市市中区卷》（重庆市市中区文化局，1988年）

《重庆大事记》（重庆市地方志编纂委员会，1989年）

《重庆名人辞典》（重庆市地方志编纂委员会，四川大学出版社，1992年）

《巴族史》（管维良，天地出版社，1996年）

《重庆市市中区志》（重庆市渝中区人民政府地方志编纂委员会，重庆出版社，1997年）

《重庆地名趣谈》（彭伯通，重庆出版社，2001年）

《殷墟甲骨文实用字典》（马如森，上海大学出版社，2008年）

《母城记忆——重庆市渝中区第三次全国文物普查成果专辑》（重庆市渝中文化广电新闻出版局，重庆出版社，2012年）

《母城记忆之渝中非遗》（重庆市渝中区文化广电新闻出版局，重庆大学出版社，2014年）

《渝州历代诗文选》（《渝州历代诗文选》编委会，重庆出版社，2015年）